D1755108

novum pro

Tom Hellberg

HUNDE HERZLICH WILLKOMMEN?

Von Sylt bis Süd:
Mit Frau- und Herrchen
im Hotel

novum pro

Bibliografische Information
der Deutschen Nationalbibliothek:

Die Deutsche Nationalbibliothek
verzeichnet diese Publikation in
der Deutschen Nationalbibliografie.
Detaillierte bibliografische Daten
sind im Internet über
http://www.d-nb.de abrufbar.

Alle Rechte der Verbreitung,
auch durch Film, Funk und Fernsehen,
fotomechanische Wiedergabe,
Tonträger, elektronische Datenträger
und auszugsweisen Nachdruck,
sind vorbehalten.

© 2017 novum Verlag

ISBN 978-3-95840-529-5
Lektorat: Dr. Annette Debold
Umschlagfotos: Lightboxx,
Rbiedermann | Dreamstime.com,
Tom Hellberg
Umschlaggestaltung, Layout & Satz:
novum Verlag
Innenabbildungen: Tom Hellberg

Gedruckt in der Europäischen Union
auf umweltfreundlichem, chlor- und
säurefrei gebleichtem Papier.

www.novumverlag.com

Inhaltsverzeichnis

Vorwort 7
Widmung 8
Eine Nacht im Romantikhotel 9
Im Weißen Haus an der Elbe 17
Emser Depesche 27
Eine Nacht im Fuldererhof 40
Zwischenstopp auf Gut Osiris 49
Hotel Helios Frankenberg 57
Im Forsthaus Reinbek 66
Drei Tage im Sylter Gourmethotel 76
Im Relax Inn 86
Im Rother 97
Im Schelmenhof 106
Im „Sur la Mer" 118
Land in Sicht 130
Landgasthof Tarner 141
Ora et labora 159
Epilog 175

Vorwort

Lieber Leser, Sie werden sich fragen, wie ich als ehemaliger griechischer Straßenhund dazu komme, Geschichten über Hotelaufenthalte mit meinen Menschen aufzuschreiben.

Alleine wäre ich dieser Idee sicherlich nicht unbedingt verfallen, da „hund" mit seinem Leben gänzlich zufrieden ist, wenn die „Rahmenbedingungen" des täglichen Lebens, wie: ausgedehnte Gassigänge, leckeres Futter, mehrere Liegeplätze im Innen- wie im Außenbereich sowie aufgrund meiner Behinderung auch physiotherapeutische nebst medizinischer Betreuung und nicht zu vergessen, regelmäßige Streicheleinheiten, gewährleistet sind.

Ach ja, jetzt hätte ich es fast vergessen: Der gelegentliche Kontakt zu meinen vierbeinigen Artgenossen sollte hier und da möglich sein, insoweit mir diese nicht auf den „Zeiger" gehen und mich etwa in ungebührlicher Weise von hinten zu besteigen trachten, wie es mir schon untergekommen ist.

Da ich mit Frau- und Herrchen auf Reisen gerne mal einen Zwischenstopp in einem hübschen Hotel einlege und dort gute wie schlechte Erfahrungen sammelte, ermunterten mich die beiden, diese Erlebnisse einmal aus der Sicht des Hundes zu beschreiben, welcher in den verschiedenen Herbergen häufig nur als das fünfte Rad am Wagen, allerdings mit löblich rühmlichen Ausnahmen behandelt wird.

Widmung

Die folgenden Geschichten widme ich meinem Frauchen und meinem Herrchen, die mich mit großer Fürsorge aufgenommen haben und gerne auf vieles verzichten, was im menschlichen Leben für etliche ihrer Spezies als angenehm und erstrebenswert erachtet wird. Denn niemals würden sie mich auf Flugreisen in eine Box im Frachtraum zwängen oder etwa auf Kreuzfahrt gehen und mich wochenlang in einer Hundepension zwischen zig anderen Vierbeinern zurücklassen.

Dies auch deshalb, weil ich aufgrund meines in Griechenland zertrümmerten linken Vorderlaufes gehandicapt bin.

Dafür liebe ich die beiden bedingungslos und danke ihnen für viele hilfreiche Tipps, welche sie mir bei der Niederschrift der folgenden Geschichten zuteilwerden ließen.

Eine Nacht im Romantikhotel

Als Logistester in Sachen Hundefreundlichkeit weilte ich mit Frauchen und Herrchen unlängst im Romantikhotel „Traunschweigerhof" in Bad Harzburg.

Von Norden von der A7 kommend fuhren wir eine gute Dreiviertelstunde über die Stahlindustriestadt Salzgitter in das historische Heilbad im Oberharz.

Unser Navi führte uns zielsicher zum Viersternehotel inmitten des Zentrums des mit vielen Gründerzeitvillen und Fachwerkhäusern besiedelten alten Kurstädtchens. Zunächst parkten wir erst mal vor dem Hotelrestaurant, denn auch hier waren der eigentliche Hoteleingang und der Parkplatz im ersten Moment nicht zu identifizieren. Frauchen und meine Wenigkeit im Wagen zurücklassend machte sich Herrchen auf die Suche nach der Rezeption, welche sich mutmaßlich wohl im Innern des verwinkelten Hotelquartiers verbarg.

Wie es schien, hatten die verschiedenen Generationen der Hoteleigentümerfamilien nach und nach sämtliche benachbarten Liegenschaften zusammengekauft, um die wachsende Zahl an Wintergästen und Sommerfrischlern aufnehmen zu können. Nach reichlich zwanzig Minuten, Frauchen war schon langsam ungehalten, erschien unser „Chef" wieder mit der Ansage, dass wir das „Hotelviertel" zunächst ca. 500 m umrunden müssten, um auf den hauseigenen Parkplatz und den gegenüberliegenden Eingang zu gelangen. Gesagt, getan, zuckelten wir, stets gewärtig, dass ein Rollator unvermittelt die Fahrbahn zu queren suchte, in Richtung „official entry".

Endlich, geschafft, dachte ich, „jetzt schnell das kleine Handgepäck und Hunde-Equipment unter die Arme und hoch aufs „Komfortzimmer" im ersten Stock.

Die zu allen Menschen wohl geschult höfliche junge Dame an der Rezeption nahm mich leider nicht gesondert zur Kenntnis, kein nettes Wort wie etwa „Hallo, du hübscher, lieber Hund, magst du vielleicht einen Schluck Harzburger Wasser oder ein Leckerli?" kam ihr über die roten Lippen. Nichts dergleichen, das haben sie wohl vergessen, ihr bei den Seminaren beizubringen …

Das Komfortzimmer entpuppte sich als nicht besonders komfortabel: zu eng, gerade dass ein kleiner runder Tisch mit einem Miniklubsessel darin Platz finden konnte. Immerhin, das bei der Buchung gewünschte Sofa war ganz o.k., um mein müdes Hundehaupt für eine Nacht darauf zu betten, Frauchen breitete auch ohne Worte unverzüglich meine Decke auf die Liegestatt. Neben dem Menschenbett war überdies noch genügend Platz, damit ich auch notfalls in der Nacht einmal zu Herrchens Füßen ruhen könnte.

Nun, als Erstes mal eine Stunde von der langen Anreise relaxen, bevor wir den ersten Gassigang ins Auge fassen.

„Wo kann ‚hund' hier denn schön Gassi gehen?", fragte Frauchen die Concierge, welche uns drei um die nächsten drei Häuserecken in die Nähe des Golfplatzgeländes schickte, was wir gerne in die Tat umsetzten. Wie sich bald herausstellte, wandelten auf den Kieswegen am Rande des „Bällchenschlagklubs" wieder „Rollatorengespanne", Rollstühle und „normale" Spaziergänger, sodass mit frei laufen leider nichts drin war. Der Leser sollte wissen, dass ich nun wirklich kein passionierter Leinengänger bin. Nichts ist mir lieber, als frei hin und her zu laufen, sämtliche Gerüche meiner Artgenossen oder dieser Katzenbiester aufzunehmen, die hier natürlich ganz anders rochen als zu Hause. Auch das „Bad Harzburger Abendblatt" war höchst informativ für meine Hundenase. Aber ohne Leine duftet alles natürlich noch viel intensiver. Auf dem zwischen Gehweg und „golf course" liegenden „Bolzplatz" erlaubten mir meine Leute allerdings einen fünfminütigen „offline walk".

Bevor uns das Hotel wieder in seine Gemächer zog, nahmen wir noch eine Tasse Cappuccino in einem hauptsächlich von bläulich gelockten Seniorinnen bevölkerten Eiscafé im Städtchen ein, meinerseits begnügte ich mich mit einer Schale köstlichem Aqua liscia. Auch hier: „Rollator(t)en allerorten".

Zurück im Hotel erforschten wir als Erstes den für uns vorgesehenen Tisch für das Abenddinner. Herr Dani Toddewig, ein freundlicher, das Berufsethos des gut ausgebildeten Restaurantfachangestellten ausstrahlender schlanker junger Mann führte uns durch die Räumlichkeiten des Speiseraumes, ohne jedoch einen geeigneten hundekompatiblen Platz anbieten zu können. Er wolle unseren Wunsch seinem momentan noch nicht verfügbaren Restaurantleiter vortragen, so seine Auskunft. Na ja, dachten wir, mal sehen, was dabei rauskommt!?

Nachdem sich Frauchen und Herrchen, so gut es ging, für den Abend hübsch gemacht hatten (die beiden werden mir hoffentlich verzeihen), ging ich mit Papa vor dem Essen erst mal in die Bar, einen Aperitif einzunehmen: Ich ein köstliches Bad Harzburger Leitungswasser, Herrchen ein kühles Hefeweizen mit einem Stück Zitrone, und für Frauchen bestellten wir vorsorglich einen Aperol Tonic.

An den Wänden hingen Fotos aus vergangenen Epochen des Hotels. Im ausgehenden 19. Jahrhundert zunächst als Gasthof in der Zeit des beginnenden Fremdenverkehrs im Harz gegründet erlebte es die Anfänge der Mobilität. Erste wohlhabende Gäste reisten bereits im eigenen Wagen an.

Am meisten rührte mich eine Fotografie des Jahres 1922 an, auf welchem eine Schar niederländischer Gäste zusammengepfercht in einem offenen hoteleigenen Reisebus saßen, um vom Hoteleigner-Ehepaar auf einem Tagesausflug durch den Harz chauffiert zu werden. Eine Weinstube mit Weinhandel, ein Caféhaus nach Wiener Vorbild und zwei Restaurants gehörten damals bereits zum Hotel: Geschäftstüchtige Menschen waren das!

Endlich, mit erhobenem Haupt durchschritten wir drei den lang gestreckten Bau der Herberge, um nach einem gefühlten Kilometer das klassisch mit vielen Holzarbeiten und dickem Teppichboden ausgestattete Abendrestaurant zu betreten.

Der etwas in die Jahre gekommene Restaurantleiter begleitete uns direkt zu unserem Tisch in der Nähe des Ausganges. Einen von vier Stühlen hatte er bereits entfernt, sodass ich mich bequem neben Frauchen niederlegen konnte.

Der Speisesaal war gut gefüllt mit, wie mir schien, vielen Stammgästen und Menschen, die ansonsten nie essen gingen, sich aber heute Abend einmal verwöhnen lassen wollten. Am Nebentisch fielen mir zwei Damen auf, wohl Mutter und Tochter, die beide nahezu die gleiche kurze Haarfrisur trugen, blond mit leicht rötlicher Einfärbung, und brav zu ihrem Menü Bad Harzburger Mineralwasser tranken.

Meine Leute kasteiten sich hingegen nicht in diesem Maße. Sie bestellten einen halben Liter Oberberger Grauburgunder und als Alibi noch eine Flasche Gourmet-Wasser. Und, nach längerer Lektüre der vielfältigen Speisekarte: Kraftbrühe vom Rind, danach Chateaubriand mit Sauce béarnaise an einer Gemüsevariation mit Salzkartoffeln als „Sättigungsbeilage", wie sich unser Herr Toddewig auszudrücken pflegte.

Frauchen klärte den Verdutzten sogleich auf, dass der Begriff: „Sättigungsbeilage" aus der untergegangen „Deutschen Demokratischen Republik" herrühre, wo die Kellner im Lokal meist nicht wussten, ob heute Reis, Kartoffeln oder Nudeln „aus" waren. Deshalb der Begriff, so war der Restaurantbetreiber des Arbeiter- und Bauernstaates bar jeden Regressanspruches kartoffel-, nudel- oder reisaffiner Gäste.

„Sie müssen mir glauben, ich verrate es höchst ungern: Meine Leute bestellen gerne mal ein Stück Fleisch, weil sie dabei stets auch an meinen verwöhnten Gaumen denken.

Selbstverständlich kriege ich niemals etwas vom Tisch. Nein, nein, Frauchen lässt sich vom Servicepersonal immer mein Doggybag packen.

Bereits von ihr auf dem Teller schnauzgerecht klein geschnitten kommt meist ein kunstvoll mit Tragehenkel geformtes Alufolienpackerl aus der Hand des Kellners zurück."

Was ich auch hier vermisste: ein Wellnessangebot für Hunde! Könnte mir der Hotelchef vielleicht mal erklären, welche der angepriesenen Wohltaten ich bitte schön zu nutzen imstande wäre? Wellness-Landschaft mit Hallenschwimmbad 28 °C, drei Saunen, wo ich weder schwimme noch gerne schwitze, Ergoline-Solarium – braun bin ich bereits von Natur aus und sogar mit weißen Flecken –, Beautyfarm – schöner als ich kann „hund" nicht sein –, Friseursalon – brauche ich schon gar nicht, wo mein Frauchen eine Top-Friseurmeisterin ist! Kegelbahn, also bitte, bei aller Liebe, was soll ich denn damit anfangen? Fitness-Bereich, ist vielleicht etwas für mein Herrchen, der schon mal gerne eine Runde auf dem Hometrainer dreht. Der angepriesene eigene Park mit altem Baumbestand entpuppte sich als „stinknormaler Garten" in Reihenhausformat, wo sich sicherlich ein Chihuahua müde machen konnte, aber ein Hund von meiner athletischen Statur und Attitüde wäre hier wohl hoffnungslos unterfordert. Sollte ich vielleicht zwischen den Liegestühlen hindurchgaloppieren?

Nein, nein, das ist alles nichts!

Ein Hotelpark mit fünf Hektar Wiesen, auf denen ich mich auf dem Rücken schubbern und wollüstige Rufe ausstoßen, wo ich nach Feldmäusen buddeln könnte und so richtig herzhaft in die Grasnarbe beißen würde, wo ich Eichkatzerln auf den alten Bäumen stelle, die sich vor mir auf den Baumwipfeln in Sicherheit brächten, wo ich mit Frauchen und Herrchen ausgiebig Nachlauf und Fangen spielen könnte! Das wäre was für meinen Geschmack. Da würden wir bestimmt wiederkommen!

Aber all dies sollte heute ein unerreichbarer Traum bleiben. Und leider schafften wir es auch nicht, die bestimmt reizvolle Harzlandschaft näher zu erkunden, weil die Abreise bereits nach einer Nacht auf uns wartete.

Es sei noch erwähnt, dass „hund" im Frühstücksraum nicht erwünscht war und sich meine Leute am Genuss der „Gummibrötchen" ergötzen konnten, die ich bei meinem frühmorgendlichen Gassigang mit Herrchen in einer offenen Kiste vor dem Lieferanteneingang stehen sah.

Für eine Nacht auf der Durchreise kann ich das Romantikhotel gerade noch empfehlen, aber als äußerst hundekompatibel ist es leider nicht zu bezeichnen, deshalb auch mein Testurteil im Anschluss:

Empfang: 0 Pfoten
Zimmerservice: 🐾
Info Gassiwege: 🐾
Zugang Restaurant: 🐾🐾🐾🐾🐾
Zugang Frühstück: 0 Pfoten
Zugang Bar: 🐾🐾🐾🐾🐾🐾
Hundelogis: 10€/Nacht ohne Frühstück! 🐾🐾

Endlich angekommen!

Eine Erfrischung bei der hübschen Dame

Mann, bin ich kaputt!

Im Weißen Haus an der Elbe

Warum nicht mal was anderes ausprobieren, dachten Frau- und Herrchen und buchten für uns drei das „Weiße Haus", ein neoklassizistischer Prachtbau aus dem 19. Jahrhundert mit einem fantastischen Blick auf die Elbe.

Handelte es sich hierbei etwa gar um eine Dependance des Weißen Hauses in Washington?, dachte ich.

Ursprünglich sollte es gar kein Hotel werden, sondern betuchte Hamburger Senioren beherbergen. Leider ging die Sache schief, weil sich die betagten Damen und Herren von dem Lärm der täglich vorbeirauschenden dreißigtausend Autos doch belästigt gefühlt hätten. Also entschied man sich vor einigen Jahren für die Eröffnung eines Viersternehotels in nostalgisch neobarockem Stil.

Vom Flusse her betrachtet konnte wohl kaum ein zweites öffentlich zugängliches Gebäude am Elbstrand mit der opulenten äußeren Erscheinung des „Weißen Hauses" mithalten.

Eine durchschnittlich hübsche junge Dame mit brünetten, langen, zu einem Pferdeschwanz zusammengebundenen Haaren begrüßte uns hinter der marmornen Rezeptionsbalustrade, nachdem wir unseren Wagen akkurat in die etwas engen Lücken des Parkdeckes direkt am Haus bugsiert hatten.

„Na, ist Ihr Hund schon alt?", eröffnete sie die üblichen Begrüßungsfloskeln, welche wohl sämtlichen Hotelrezeptionistinnen und nisten dieser Welt eigen sind. Frechheit!, dachte ich, was „hund" sich hier sagen lassen muss, ist schon allerhand! Wo ich nach der langen Fahrt erst mal meine „Gräten" sortieren, mich zu recken und zu strecken habe. Außerdem wollte ich diese Tante mal humpeln sehen, wenn sie einen zwei Zentimeter kürzeren Vorderlauf hätte.

Frauchen, allen Menschen vorerst stets freundlich zugetan, klärte die ahnungslose Empfangsdame im Telegrammstil über meine Behinderung auf, was zweifellos ihr gespieltes oder echtes Mitleid erregte. „Ach, der Arme", entwich es ihren rot getünchten Lippen, als wir im Fahrstuhl zu unserem Zimmer im zweiten Stock verschwanden. „Na ja, groß ist das ‚Komfortdoppelzimmer' ja nicht gerade", entfuhr es meinem hotelerfahrenen Herrchen, „ich geh noch mal runter und erkundige mich, ob die hier noch eine Nummer größer haben", und überließ uns erst mal unserem Schicksal: Die Despektierlichkeit der Begrüßung schien sich nahtlos bis in das Hotelzimmer fortzusetzen.

Kein Leckerli für den hungrigen Hundemagen, keine Wasserschüssel, nicht mal eine leere, kein Hundebett, auch Frauchen vermisste so einige Annehmlichkeiten, die einen Hotelaufenthalt gewöhnlich versüßen: keine Minibar, nur ein ausgeschalteter leerer Kühlschrank, welcher mit mehreren verschiedenfarbigen Verlängerungskabeln den langen Weg zur nächsten Steckdose suchte, kein gemütliches Sofa für meine Nächtigung, nur zwei viel zu kleine kunstlederne Klubsessel standen verloren in der Ecke an einem ebenso mickrigen Tischchen. Dazu gesellten sich noch einige hellbraune Schränke im Stil der 1970er-Jahre, von denen die Hälfte auch noch verschlossen war.

Jetzt wussten wir jedenfalls, was es hier alles nicht gab, was es aber gab, war ein behindertengerechtes Duschbad mit allerlei Haltegriffen an der Wand, einer überdimensionalen Tür für Rollstuhlfahrer und nicht zu glauben sogar ein Duschgel vom Discounter sowie Handtücher Marke „Schmirgelpapier"!

Frau- wie Herrchen fühlten sich mit Recht an die Jugendherbergsunterkünfte ihrer Teeniezeit erinnert, kein Stück Kuchen am Nachmittag in Sicht, geschweige denn eine schicke Tasse hanseatischen Tees oder Kaffees.

Ich hätte wirklich nichts dagegen, wenn sich das „Weiße Haus" in „Hotel Geiz" umbenennen würde. Auch der zweifellos grandiose Blick auf die vorbeifahrenden Hochseeschiffe der Elbe konnte diesen Mangel an Annehmlichkeiten nicht wettmachen.

„Die haben noch eine Juniorsuite für uns", polterte Herrchen ganz enthusiastisch die Türe herein, kommt, lasst sie uns gleich anschauen!"

Gesagt, getan, eilten wir drei die langen, mit dicken Teppichböden belegten Zimmerfluchten entlang ins Parterre des Hotels. „Oh weh, oh weh", entfuhr es Frauchen, als wir die angestaubt muffig riechenden Räumlichkeiten der Suite betraten, denn zu unserer großen Enttäuschung erstreckte sie sich der Elbchaussee entgegen mit ihren täglich bis zu dreißigtausend vorbeirauschenden lärmenden Fahrzeugen.

Also kehrten wir notgedrungen wieder in unsere „Viersternekammer" zurück, machten uns ein wenig frisch und brachen zu einem ausgedehnten Gang entlang des Elbflusses auf, um im Restaurant Dübelsbrücker Kajüt unweit des Museumshafens ein zünftiges „Abendmahl" einzunehmen. Direkt vom „Weißen Haus" führt ein Fuß- und Radweg am Fluss entlang zu dem auf einem ausgedienten Fischkutter untergebrachten Restaurant.

Drinnen war es brechend voll, aber der pfiffige südeuropäische, im original Ham- burger Slang sprechende Ober brachte uns noch an einem riesigen, hölzernen runden Tisch in der hintersten Ecke des Kutters neben weiteren Gästen unter.

Auch an mich war mit einem bequemen Kuschelplatz zu Füßen meiner Leute gedacht. Nebst zwei Portionen Pannfisch für „mensch" beobachtete ich mit scharfem Auge, dass Frauchen ein dickes Steak ohne Beilagen für den Hundemagen zu späterer Stunde im Doggybag mitbestellt hatte.

Unsere Nachbarn waren alle gut drauf, zwei junge Damen und ein älteres Hamburger Ehepaar genossen sichtlich die leckeren Speisen, und überhaupt strahlte die „Dübelsbrücker

Kajüt" mit ihrem klassisch hanseatischen Publikum und den überall an den holzgetäfelten Wänden hängenden maritimen Devotionalien eine unvergleichliche und nur in der Hansestadt überhaupt mögliche Atmosphäre aus.

„Guck mal, da liegt ja ein Hund", tanzten zwei kleine Mädels mir bedrohlich nahe, ja eigentlich schon zu nahe in Richtung meiner Nase. Ihre am Nachbartisch speisenden Eltern schien der Ausflug ihres Nachwuchses nicht im Geringsten zu stören, denn sie unterhielten sich ganz angeregt weiter, als wäre alles in bester Ordnung. Die beiden hüpften im Gleichklang auf und nieder, warfen die Ärmchen in die Luft, als meine Hundeaugen ihren Bewegungen höchst aufmerksam, jedoch ohne den Kopf auch nur eigenen Millimeter zu bewegen, folgten.

Wie hingenagelt lag ich bäuchlings unter dem Tisch zu Füßen meines Herrchens, als ein sehr hanseatisch wirkender älterer Herr dem Treiben der „Springmäuse" zuschaute und hörbar seiner Ehefrau zuraunte: „Was mag wohl dieser liebe Hund von uns Menschen denken?" Wie gerne hätte ich ihm meine Gedanken erzählt, würde ich „mensch" sprechen. Aber ich dachte nur: Dieses Gehüpfe braucht weder Hund noch Mensch, und eigentlich gehört den Eltern der beiden mal beigebogen, dass Toleranz auch Grenzen hat. Und Herrchens Blick zum Nachbartisch bedurfte keiner Erklärungen, als die Mutter der Hupfdohlen diese endlich wieder an ihren Tisch zitierte.

Auch der Kellner schien erleichtert und stimmte seine allabendlich intonierten italienischen Gassenhauer an, als er die Speisen im Takt von: „O sole mio" und „Volare" tänzelnd auf die Tische bugsierte.

Auch der „Heimweg" vorbei an den vielen funkelnden Lichtern links und rechts der Elbe sowie denen der passierenden Barkassen und Privatjachten hinterließ einen erhebenden Eindruck auf uns.

Unendlich viele verschiedene Gerüche stiegen in meine empfindliche Nase, und ach wie gerne hätte ich all diese bestimmt vornehmen Stadthunde kennengelernt, die mir ihre Nachrichten im „Hamburger Abendblatt für Hunde" hinterließen.

Mit großem Genuss verspeiste ich jetzt noch den Inhalt des kunstvoll mit Tragegriff gestalteten Doggybag während kurzer Rast auf einer von am Gehweg aneinandergereihten Parkbänken, bevor es zurück ins „Weiße Haus" ging.

Mein Herrchen gelüstete es noch nach einem gepflegten Bierchen, und Frauchen war einem letzten Glas Rotwein nicht abhold. Die immer noch diensthabende Rezeptionistin verschwand in den Katakomben hinter ihrem Tresen und tauchte kurz darauf mit einer Piccoloflasche hellrotem Billigwein und einer ebensolchen Biermarke auf, welche wir mit süßsaurem Lächeln entgegennahmen.

Als ihr mein stets zu kritischen Anmerkungen aufgelegtes Herrli mitteilte, dass das „Weiße Haus" mit seiner ganz außerordentlichen Lage und äußeren Erscheinung doch weit unter seinen Möglichkeiten zurückbliebe, meinte die der Geschäftsphilosophie ihres Chefs wohl vollkommen erlegene Dame: „Unser Boss spart wirklich, wo er kann, wissen Sie eigentlich, wie viele Fünfsternehotels in Hamburg bankrott sind oder kurz vor der Pleite stehen?" Eine solch abstruse Attitüde war meinen Leuten tatsächlich noch nie untergekommen. Dass ein Hotelbetreiber danach strebt, die Betriebskosten in einem wirtschaftlich vertretbaren Rahmen zu halten, ist ja noch nachvollziehbar, aber den Rotstift an der Ausstattung der Zimmer sowie den Speisen und Getränken anzusetzen, welche zudem ja von den Gästen gerne bezahlt werden, war eine Geschichte aus „Absurdistan"; und das kann ich nur mit einem kurzen, aber deutlichen „Beller" bestätigen, denn für 20 Euro für die Hundelogis pro Tag wird den Vierbeinern nu gar nichts geboten.

Der Preis unseres Doppelzimmers mit Elbblick konnte mit 159 Euro inkl. Frühstück für Hamburger Verhältnisse als moderat bezeichnet werden.

Mit einem letzten Kauknöchelchen zwischen den Zähnen zog ich mich begleitet von meinen Mitreisenden in unsere bescheidene Räumlichkeit zurück.

Nach einem ausgedehnten Auslauf durch den vis-à-vis des „Weißen Hauses" gelegenen Jenischpark am folgenden Morgen – hier konnte ich mich auch eine ordentliche Strecke frei bewegen –, verließen wir das wirklich weit unter seinem Potenzial geführte Hotel mit seinem einzigartigen Blick auf die gute alte Elbe.

Denn auch das Frühstück, zu dem mir allerdings, oh Wunder, der Zugang gestattet, war leider gekennzeichnet von abgepackter Marmelade und Butter begleitet von Dosenobst, welches besonders den Unmut meines geliebten Frauchens hervorrief. Dafür strahlte der Frühstückssaal, ja wirklich, es handelte sich um keinen Raum im üblichen Sinne, sondern wir schritten durch einen dem Schloss Versailles nicht unähnlichen, mit Brokat umsäumt in hellem marmornen Glanz erstrahlenden Salon mit Austritt auf die weitläufige Terrasse, welche einen grandiosen Blick auf die Elbe bot. Auch dort konnte der sonnenhungrige Gast die erste Mahlzeit des Tages sogar in Begleitung seines geliebten Hundes einnehmen.

Schließlich lässt sich konstatieren: Das Weiße Haus an der Elbchaussee ist zweifelsfrei hundekompatibel, du darfst überall rein, die Lage ist perfekt bezüglich Gassi und Auslauf, den Sparhansel-Chef nimm halt in Kauf.

Testergebnis
Empfang: 0 Pfoten
Zimmerservice: 0 Pfoten
Zugang Restaurant: kein Restaurant: 0 Pfoten
Zugang Frühstück: 🐾🐾🐾🐾🐾🐾
Barzugang: keine Bar an der Elbe: 0 Pfoten

Das „Weiße Haus" – wirklich first class?

Schiff ahoi!

Spazierweg an der Elbe

Im Jenischpark

Emser Depesche

Als Logistester in Sachen „Willkommenskultur" gegenüber Hunden weilten wir unlängst in „Cräcker's Wahnhotel" im einst mondänen Kaiserbad Bad Ems.

Herrchen war das in barockem Glanz erscheinende stattliche Hotel im Inserat einer großen Tageszeitung aufgefallen, welche ausschließlich von klugen Köpfen gelesen wird.

Von Süden kommend gelangten wir in einer reichlich bemessenen Stunde in das tief unten im Lahntal versenkte alte Kurstädtchen, von dem nicht genau bekannt ist, ob es durch seine Pastillen, sein Heilwasser oder durch die „Emser Depesche" im 19. Jahrhundert zum beliebten Ziel des europäischen Hochadels avancierte.

Mangels Parkmöglichkeit in unmittelbarer Hotelnähe stellten wir unseren Wagen flussabwärts am anderen Ende der sehr gepflegten an die Lahn-Promenade angrenzenden Parkanlage ab. „Nichts wie raus aus dem Auto", freute ich mich und raumgreifenden Schrittes erschnüffelte ich notgedrungen an der Leine (hier darf „hund" nicht frei laufen!) die vielartigen, von früheren Badegästen gespendeten exotischen Bäume wie z. B. Bergahorn, Mammutbaum, Douglasie, Zitterpappel und manch andere.

Frauchen und Herrchen wären wohl gerne etwas schneller gegangen, nahmen aber höflich Rücksicht auf meine „Zeitungslektüre" in dieser mir völlig fremden Umgebung. Hinter der symmetrisch angelegten Platanenallee mit ihren knubbeligen Korkenzieherästen erreichten wir schließlich das monumentale Gebäude der ältesten deutschen Spielbank inmitten des historischen Kurviertels.

Einzelne, leider auch „benerzte" ältere Damen und „rollatorende" Senioren kreuzten unseren veilchenumsäumten Weg in Richtung „Cräckers Wahn Hotel". Die Lahn spiegelte sich grünlich ruhig und breit in der frühen Märzsonne und schien einem See gleich gar nicht dahinzufließen. Einzelne Schiffanleger ließen erahnen, dass sich im Sommerhalbjahr hier illustre Gäste auf den schneeweißen Ausflugsdampfern ihr Stelldichein gäben.

Eine in Pelz gehüllte ältere Dame „smartphonte" gerade mit ihrer zu Hause gebliebenen Freundin und berichtete dieser, dass soeben ein „jugendliches Ehepaar" mit einem armen humpelnden Hund vorbeikäme … Na haste da noch Töne?, dachte ich, die meint doch wohl nicht uns! Ein humpelnder Hund, ein humpelnder Hund! Hockt da, blinzelt in die Sonne, in ihrer mit Pelz besetzten Tierhaut zahlreicher für sie abgemurkster bedauernswürdiger Nerze. Die Dame muss wohl noch oft wiedergeboren werden, um meinen ethischen Grundsätzen zu genügen!

Um die ganze Pracht des „Wahnhotels" zu genießen, überquerten wir eine Fußgängerbrücke, die hinüber auf die andere Lahnseite zu den aneinandergereihten historischen Jugendstilvillen führte, deren Silhouetten sich im von der Sonne glänzenden Wasser der Lahn spiegelten.

So etwa auf der Mitte der Brücke angekommen erblickte ich zwei ältere Knaben, die sich mächtig in die Riemen ihres Ruderbootes legten, um flussaufwärts die an den Brückenpfeilern doch tüchtige Strömung des Flusses zu besiegen.

Tatsächlich näherten sie sich uns auf der Brücke Stehenden immer mehr, und plötzlich waren sie unter uns verschwunden, ich konnte sie nicht mehr sehen, wie ich auch meinen Hals nach ihnen reckte. Mein Hundeverstand konnte sich einfach nicht erklären, wo der „Deutschlandzweier" wohl abgeblieben war.

Aaaah, da seid ihr ja wieder, dachte ich, als die beiden keine zehn Schweifwedel später auf der mir abgewandten Brückenseite „auftauchten" und hinter der nächsten Flussbiegung bis auf Weiteres aus meinem Blickwinkel entschwanden. Flussabwärts mäanderte die Lahn gemächlich, ein Wehr rechts liegen lassend, immer breiter werdend ihrer Mündung, dem „Vater Rhein" entgegen.

Auf der anderen Flussseite angekommen entbot sich uns die ganze barocke Pracht der Gebäude des historischen Kurviertels des alten Kaiserbades: das ehemalige „Fürstliche Nassau-Oranische Badehaus", „Cräcker's Wahnhotel", die „älteste Spielbank Deutschlands" sowie der auch heute noch intakte „Römerbrunnen".

Leider waren die meisten Etablissements Anfang März noch geschlossen, was mich nicht davon abhielt, das aus der Tiefe des Emser Bodens quellende Mineralwasser zu genießen.

„Poldi, es ist Mittagszeit", sprach Herrchen, und ich meinte, seinen Magen knurren zu hören. Auch Frauchen und Hund brauchte er nicht lange zu überreden, um das einzige mittags geöffnete Bistro „Am Kurpark" aufzusuchen.

Der stets von Frauchen für mich köstlich bestückte Bambi-Futtersack erhielt sofort meine Zuwendung, während meine Menschen, soweit ich erinnere, einen ohne Weiteres genießbaren Flammkuchen mit einigen Oliven bestückt verspeisten.

Zum Abschluss noch einen Espresso macchiato und in der berechtigten Hoffnung, dass unsere „Juniorsuite" jetzt um 14:00 Uhr bezugsfertig wäre, „stürmten" wir die Rezeption in „Cräcker's Wahn Hotel Bad Ems".

Ein junger, hotelfachgeschulter „Lobbyist" nahm förmlich-höflich unsere Kontaktdaten entgegen und geleitete uns einen halben Schritt vorauseilend mit dem Fahrstuhl in die oberen Zimmerfluchten des altehrwürdigen Hauses.

Mit Hunden hatte er allerdings wenig im Sinn, in seiner Ausbildung schien das Thema „Gäste mit ihren Tieren" nicht vorgekommen zu sein. Denn für mich hatte er weder einige Worte der Begrüßung noch einen Schluck Wasser übrig.

Im zweiten Obergeschoss angekommen führte ein dicker, sämtliche Tritte schluckender Teppichboden über scheinbar endlose Flure und Hotelflügel in die lahnseitig gelegene Suite, welche uns drei die nächsten beiden Nächte angemessen beherbergen sollte.

Wie soll man das Zimmer beschreiben? Es bestand zweifellos aus einem kleinen Flur, in dem, sehr lobenswert, ein „Hundegedeck" mit Wasser- und Fressnapf auf einem Untersetzer mit der Aufschrift „Sweet Puppy" auf mich wartete – darauf abgebildet war ein Schweißhundbaby, welches nach seinem Herrchen aufzuschauen schien –, einem Wohnbereich mit „meinem Sofa", von Frauchen sofort mit einer flauschigen Hundedecke dekoriert, sowie einem Menschen-Schlafzimmer; alle Räume waren ebenfalls mit hochflorigen Teppichbelägen bedeckt, die Möbel: schleifgelackte neobarocke, einem Disneyland-Schloss entnommene Möbelstücke, die sich im gesamten Hotel fortsetzen sollten, wie später noch zu berichten sei. Herrchen gefiel das großzügige Marmorbad.

Aber jetzt erst mal eine „Zimmerstunde", die meinem von den vielen fremden Eindrücken erschöpften Hundehaupt Erholung spenden sollte. Meine „Herrschaft" schloss sich mir an, und wir sammelten Kräfte für die nachmittägliche „Bergwanderung", welche noch auf uns warten sollte.

Auf dem Sofa eingekullert, den Kopf auf der Polsterlehne, fiel ich ins Koma und wandelte im Traumland: König Wilhelm I. holte mich frühmorgens um 07:00 Uhr mit seiner „Zita", einer Deutsch-Langhaar-Hündin, ab, die aus meiner Rippe gemacht schien, so ähnlich war sie mir, eine Idee zierlicher, aber wir waren bis über beide unserer langen behaarten Ohren verliebt; das wusste auch der Kaiser, der wie jedes Jahr seine Sommerfrische hier in Ems verbrachte.

Gemeinsam besuchten wir den Kurbrunnen, um das gesunde Heilquellenwasser zu trinken.

Die Polizei wartete schon an der Hotelpforte und bahnte uns den Weg durch die neugierige Menschenmenge, die sich rund um den Brunnen aufhielt, um ebenfalls ihre morgendliche Trinkkur abzuhalten. „Viva Kaiser Wilhelm!", rief das begeisterte Volk und winkte uns freudig zu. Erhobenen Hauptes durchschritten wir die Menge.

Für Zita und mich war ein goldener Wassernapf mit frischem Heilwasser bereitgestellt, der Kaiser erhielt sein kristallenes Henkelglas, mit dem er, umrahmt von uns Hunden, die Promenade an der Lahn entlangwandelte, stets ein freundliches Wort an einige Passanten gerichtet. Kinder trugen ihm Gedichte vor oder sangen deutsche Volkslieder. Zita und mich durften die Kleinen streicheln, was wir natürlich sehr genossen.

Plötzlich, wie aus dem Boden gestampft, stand der französische Botschafter Graf Benedetti vor uns. „Seine Majestät, welch Glück, Sie hier anzutreffen, aufgrund der gebotenen Eile hat mich mein Außenminister nach Ems reisen lassen, Sie hier zu konsultieren." In seinem Vortrag verlangte Benedetti von Wilhelm, dafür zu sorgen, dass niemals mehr ein Hohenzollern sich um den spanischen Thron bewerben möge. Wilhelm lehnte diese ungebührlich zudringlich vorgetragene Forderung ab und teilte den Vorfall in der „Emser Depesche" (= Telegramm) seinem Ministerpräsidenten Otto von Bismarck mit.

In weiterer Folge führte die ablehnende Haltung Preußens zum Deutsch-Französischen Krieg von 1870/1871 und damit zur Gründung des Deutschen Reiches.

Vielleicht träumte ich diese Begebenheit, weil Herr- wie Frauchen mir bei unseren Gassigängen oft Geschichtsunterricht erteilen, dachte ich.

„So, Zita und Poldi, jetzt dürft ihr noch eine hübsche Runde im Kurpark auslaufen, bevor wir das Frühstück einnehmen und ich mich an meinen Schreibtisch zurückziehe", rief der Kaiser, als wir Benedetti links liegen ließen und den morgendlichen Spaziergang fortsetzten.

„Es ist schon 16:00 Uhr", rief Herrchen, „wir wollten doch einen ausgedehnten Gassigang hinauf zum Concordiaturm unternehmen, ihr Schlafmützen", und er riss mich aus meinem majestätischen Traum.

In einer guten halben Stunde führte die Wanderung auf Baedekers Felsenweg<1 über die Bäderlei an den Heinzelmannshöhlen vorbei zum besagten Turm, erbaut im Jahre 1861. Der Aufstieg wurde mit einem grandiosen Blick über Bad Ems und das breite Band der Lahn belohnt. Sogar frei durfte ich laufen und blieb wie stets auf Terra incognita „very close to my people." Ein wenig Englisch habe ich als „puppy" in Griechenland gelernt, als ich ab und an mit englischen Touristen kommunizierte.

Denselben Weg zurückgegangen strebten wir in der „Crystal Horse Bar" ein Abendessen einzunehmen. In der pompösen, mit überdimensionalen Fauteuils, aber leider unbequemen Stühlen ausgestatteten kilometerlangen marmornen Hotelhalle nahmen wir hinter einer der breiten, deckenhohen und stuckgekrönten Säulen Platz.

Unser Tisch schien von dem diensthabenden Kellner uneinsehbar, denn dieser nahm nicht die geringste Notiz von uns. Herrchen musste aufstehen und den Barkeeper hinter der Theke nach etwas Ess- und Trinkbarem ansprechen.

„Nein, mein Herr, hier in der Bar gibt es nichts zu essen, da müssen Sie schon in den zweiten Stock hinaufgehen in unser Gourmetrestaurant", bedeutete ihm der sich wohl noch in der Probezeit befindliche, jedoch schon lange nicht mehr junge Mitarbeiter. „Aber hier an der Säule hängt doch eine Schiefertafel mit den angebotenen Speisen, guter Mann", entgegnete Herrchen. „Ach ja, Sie haben ja recht, ich kann Ihnen einen Schinken-Käse-Toast aus dem Restaurant kommen lassen, wenn es Ihnen recht ist."

Da meine Wenigkeit im Restaurant nicht erwünscht war, blieb meinen Leuten tatsächlich nichts anderes übrig, als mit dem angepriesenen „Gummitoast" vorliebzunehmen. Denn mutterseelenalleine in dem auch für Hundehalter zugänglichen, dem Speisesaal vorgelagerten „Kaminzimmer" wollten wir nun wirklich nicht sitzen, da könnten wir auch zu Hause bleiben, waren wir uns einer Meinung.

Ich muss nicht erwähnen, dass Frauchen natürlich wie gewohnt für mein Abendmahl gesorgt hatte.

Das muss „hund" wie „mensch" sich mal auf der Zunge zergehen lassen: Für Leute, die mit einem angemeldeten Hund in „Cräcker's Wahnhotel" anreisen, gibt es weder mittags noch abends etwas Vernünftiges zu essen. Der Leser wird es nicht glauben, aber es war so. In diesem seelenlosen Haus kümmerte sich kein Schwein um unsere Wünsche. Vielleicht klammerte die Bezeichnung „Wahn" Mindeststandards der Gastfreundschaft aus, denn dieses Wort schien in dieser Herberge ein Fremdwort zu sein.

Zwischen den Hochglanz-Werbeanzeigen des Hotels und der Wirklichkeit klaffte eine so große Lücke, man hätte das gesamte Wasser der Lahn samt ihrer Nebenflüsse darin verschwinden lassen können.

Am nächsten Morgen in der Früh promenierte ich mit Herrchen ohne den Kaiser noch einen Gang am Ufer der Lahn, was fehlte waren die vielen Kurgäste mit ihrem Glas Heilwasser in der Hand, uns zu huldigen. Vielleicht schauten sie uns von ihrer Wolke aus zu.

Überrascht, in dem mit neobarocken Möbeln kitschig vollgestellten Kaminzimmer tatsächlich ein Frühstück einnehmen zu können, reisten wir „wahnhotelfrustriert" vorzeitig aus dem regnerischen Bad Ems ab.

Als hätte es unser Frauchen geahnt, als es sich über die geballten Werbeanzeigen wunderte, die „Cräcker's Wahnhotel Bad Ems" unentwegt in allen großen Tageszeitungen schaltete. Denn wenn ein Hotel gut ausgelastet ist, braucht es nicht ständig auf sich aufmerksam zu machen, resümierte ich.

Testergebnis
Empfang: 0 Pfoten
Barzugang: 🐾🐾🐾🐾
Zimmerservice: 🐾🐾🐾🐾
Hundebett: 0 Pfoten
Info Gassiwege: 🐾🐾🐾
Hundelogis: 12 ü€ ohne Kost: 0 Pfoten
Zugang Restaurant: 0 Pfoten
Zugang Frühstück: 🐾🐾🐾

>1 Quelle: Kurverwaltung Bad Ems: Seit etwa 1815 begann die nassauische Kurverwaltung, die romantische Landschaft mit Spazierwegen zu erschließen. Promenaden und Ausflüge auf Reiteseln wurden von den Badeärzten empfohlen und gehörten nun zum Kuraufenthalt. Reiseführer wie der Baedeker von 1835 beschrieben die noch heute bestehenden Wege. Ein Feldweg führt seit 1816 über die Heinzelmannshöhlen und die Mooshütte auf die Bäderlei, wo seit 1861 der Concordiaturm steht. Der Henriettenweg führt am schattigen Hang des Malbergs vom Schweizerhaus zum Lindenbach. Vom Kurpark fällt der Blick auf die 1826 errichtete Henriettensäule. Ab 1887 erschloss die Malbergbahn den Malberg.

Hier steigt der vornehme Hund ab!

Wo ist denn der „Deutschlandzweier" bloß hin?

Wann reisen wir endlich ab?

Dich teure Halle grüß ich nicht wieder! (frei nach R. Wagner)

Wenigstens ist der Teppich schön flauschig.

Promenieren mit Frauchen

Mein Sofa

Eine Nacht im Fuldererhof

Ich bin Poldi, ein Deutsch Langhaar mit eindeutigen Einmischungen eines Münsterländers, so ca. 30 Kilo leicht; vor drei Jahren haben mich Frauchen und Herrchen von einer widerwärtigen griechischen Müllkippe vor Patras gerettet und adoptiert.

Mein linker Vorderlauf war von dem Tritt eines Müllmannes gebrochen, als mich Maria total verlaust und ausgehungert am Restmüllhaufen aufgelesen hatte.

Die beiden haben keine Kinder, und deshalb lieben sie mich bis in meine Hundeseele hinein.

Dies beruht natürlich auf Gegenseitigkeit, denn auch ich hab meine Wahleltern bedingungslos lieb.

Zuweilen, so zwei bis dreimal im Jahr, gehen wir auf Reisen, mal in die Berge, mal an die See. Und weil ich keine allzu langen Autofahrten mag, machen wir unterwegs immer einen Stopp im Hotel.

Diesmal reisten wir in die Südalpen, wo es herrlich saubere Bergbäche gibt, wo ich mich während unserer ausgedehnten Wanderungen erfrischen kann:

Mit allen vieren wate ich in das fließende Nass und nehme einen Drink.

Meine Leute hatten im Internet ein Kurhotel in der Nähe Salzburgs entdeckt, das sich als besonders hundefreundlich gerierte. Na, mal sehen, was dabei herauskommt.

Eine Stunde hinter München bogen wir in eine Nebenstraße ab, welche mitten in einem weitläufigen Bergwald zum Hotel führte. Nach ca. zehn Minuten Serpentinen, mir wurde schon langsam schlecht, erreichten wir die Herberge.

Auf dem Hotelparkplatz kreuzten allerlei Baustellenfahrzeuge, denn anscheinend wurde hier gerade groß angebaut.

Na ja, glücklicherweise sind wir nur eine Nacht hier, ich glaube kaum, dass meine Herrschaft länger als nötig auf einer Baustelle übernachten möchte!

Reisetasche, Hundeequipment und meine Wenigkeit an der Leine, betraten wir die Rezeption. „Oh, wer hätte das gedacht, der Hotelhund, ein in Ehren ergrauter Riesenschnauzer, lag vor dem Tresen und machte keinerlei Anstalten, mich zu begrüßen, der blieb einfach liegen, als wäre ich Luft!

So nicht, mein Lieber, jetzt wirst du erst mal hinten und vorne beschnuppert, und wir beide drehen jetzt 'ne kleine Begrüßungsrunde durch die Hotellobby, wird ja wohl gestattet sein. So ein Lama aber auch, der hatte null Bock. Vergiss es, schlaf weiter! Setze mich lieber noch mal kurz brav zu Herrchen, das mich höflich, aber bestimmt zur Räson brachte.

„Dürfen wir unseren Hund heute Abend mit ins Restaurant nehmen?," fragte Frauchen die junge blonde Dame an der Rezeption. „Oh, das geht leider nicht", hörte ich sie freundlich, aber unmissverständlich zwitschern. Das fängt ja wieder mal gut an, dachte ich, und die wollen hundefreundlich sein? Dabei bin ich echt brav, lege mich immer unter oder in die Nähe des Tisches, verspeise genüsslich den Inhalt des von Frauchen angefüllten Futtersackes und falle anschließend ins Koma. Meistens bemerkten mich die anderen Gäste erst, wenn wir das Lokal verließen: „Ach, da ist ja ein Hund", hörten wir manche beim Hinausgehen sagen. „Das iss ja 'ne dolle Feststellung", murmele ich dann immer so in mein Fell.

„Also, wo können wir denn mit unserem Hund gemeinsam heute Abend eine Mahlzeit einnehmen?", ließ Herrchen nicht locker. „Moment bitte, da muss ich erst mal beim Chef nachfragen", raunte uns die Blondine zu und griff zum Telefon.

Kurz darauf teilte sie uns mit, dass es die Geschäftsleitung auch nicht wisse … Was ist denn das für ein Laden?, schoss es durch mein Hundehirn; meine Leute entschieden, das Dinner mit dicken Pullovern bestückt auf der abendkühlen Terrasse einzunehmen, was von unserer Rezeptionistin auch stillschweigend und mit süßsaurer Miene hingenommen wurde.

Jetzt aber erst mal die Junior-Hundesuite in Beschlag nehmen, ich brauche auf der Stelle einen Begrüßungsdrink.

Mit dem Fahrstuhl ging es in den zweiten Stock, immer dem Zimmermädchen hinterher: Türe auf, mein erster Gang sofort zu der neben dem Kleiderschrank bereitstehenden Wasserschüssel. Was ist denn das für eine Schlamperei? Kein Tropfen Wasser in diesem Gefäß! Drehte sofort um und trabte zum Bidet im Bad. Na ja, ich darf es ja eigentlich nicht verraten, aber Frauchen hatte mir in dem einen oder anderen Hotel schon mal diese „Hygieneschüssel" mit Trinkwasser angefüllt, wenn die Herbergen genauso nachlässig waren wie jetzt hier.

Doch so schnell wie ich jetzt das Bidet ansteuerte, konnte Frauchen natürlich nicht Wasser hineinlaufen lassen, also einen Moment warten, bis sich das Becken mit Wasser füllte: Schlapp, schlapp, schlapp, hinein mit der trockenen Zunge ins köstliche Nass! Jetzt war die Welt erst mal wieder in Ordnung!

Haben die mir als Begrüßung wenigstens mal ein paar Leckerli in den ollen Fressnapf gelegt, der neben der Wasserschüssel auf einer vergammelten Vorkriegshundedecke stand? Fehlanzeige! Noch nicht mal das hatte dieses ach so hundefreundliche Kurhotel auf seiner Agenda.

Wenn mein Frauchen und Herrchen nicht immer an alles denken würden, die bringen wirklich stets das gesamte Equipment mit, was ein Hundeherz glücklich macht: Da fehlt es an nichts: getrocknete Hühnerstreifen, Pansensticks, Hantelknöchelchen, Trocken- und Dosenfutter, Hundedecke für das Hotelsofa, denn ich schlafe äußerst ungern in einem blöden Korb am Boden; möchte mal wissen, welches Menschenhirn eines Tage auf die Idee kam, dass ein Hund bevorzugt in einem „Korb" schläft.

Was meine Person betrifft, so kann ich ohne Zweifel konstatieren: Etwas erhöht auf dem Sofa und natürlich zu Hause auf meinem Königsdivan, den Kopf auf einem flauschigen Katzenmotivkissen gebettet, neben dem Menschenbett mit Sicht in den Garten habe ich doch einen wesentlich besseren Überblick auf Katzen und Vögel; alles, was da auch ohne meine ausdrückliche Genehmigung so kreucht und fleucht, ist so viel besser unter Kontrolle zu halten als von einem bescheuerten Hundekorb aus!

So, jetzt aber erst mal raus in Gottes freie Natur nach der langen Autofahrt. Mit bewegungshungrigen Schritten durcheilten wir drei den „abgelegen, aber idyllisch auf einem keltischen Kraftplatz in 800 m Seehöhe liegenden Fuldererhof mit seinem atemberaubenden Blick auf die Salzburger nebst bayerische Gebirgswelt", so die von Superlativen nur so strotzende Hotelwerbung.

Vorbei an Bauzäunen, Betonsilos und „Caterpillaren" der Großbaustelle zwecks Hotelerweiterung, davon hatte uns bei der Buchung natürlich niemand etwas verraten, verschwanden wir erst mal in einem finsteren Tannenwald, welcher sämtliches Bergpanorama ähnlich eines schwarzen Loches entfernter Galaxien verschluckte.

Endlich frei laufen, freuten sich sämtliche Fasern meiner Hundeseele, endlich wieder eine Bergwiese hoch- und runterrasen, auf dem Rücken im frisch gemähten Gras rollen, von Frauchen und Herrchen „durchnudeln" und einfach mal „die Sau rauslassen. Aber halt! Was steht denn auf dem Schild am Wegesrand?

„Hunde an die Leine! Im gesamten Wandergebiet sind Hunde ausnahmslos an der Leine zu führen. Verstöße werden von der Bezirkshauptmannschaft Salzburger Land mit Bußgeld geahndet!!!"

Da hört sich ja wohl alles auf, haben die hier einen Dachschaden, das Hotel giriert sich als besonders hundefreundlich, lockt Gäste mit Hunden hierher, und dann das!!!

Aber Frau- wie Herrchen kümmerte das nicht, Herrchen sagt immer: „Verbotsschilder sind dazu da, ignoriert zu werden!" Außerdem war in diesem verlassenen Forst keine Menschenseele zu sehen, und ich konnte mich herrlich frei bewegen. Vorbei am hoteleigenen Rot- und Damwildgehege wanderten wir eine gute Stunde entlang eines Rundwanderweges, der uns mit leichten Steigungen und Gefällen, vorbei an einer Gebirgswiese wieder wohlbehalten zu unserer Herberge führte. Leider war diese Terra incognita vollkommen ausgetrocknet: keine Quelle, kein plätschernder Gebirgsbach, nicht mal ein bescheidener Rinnsal kreuzte unseren Pfad. Das wäre ja nu wirklich keine Gegend für mich, dachte ich. Wie herrlich ist dagegen unser eigentliches Urlaubsziel: das Land der Seen und Berge, das südlichste österreichische Bundesland Kärnten, wo ich gar nicht so viel trinken kann, wie es Wasser gibt. Kaum ein Gassigang, wo nicht ein lustig ins Tal plätschernder Bach Hund und Mensch zu einem Drink oder einem kühlen Fußbad einlädt.

Wie immer, so auch heute hatten meine Leute natürlich eine Flasche Wasser und ein paar Leckerli für mich im Rucksack. Denn ich muss gestehen: Spätestens nach zehn Minuten Wanderschaft überfällt mich ein Heißhunger und Durst, als wäre ich schon zwei Stunden gelaufen. Dann kriegt Herrchen einen freundlichen, aber unmissverständlichen Schubser mit meiner Schnauze ans Bein, was so viel bedeutet wie: „Hey, rück mal eins bis zwei Pansenstangerl raus und dann einen kräftigen Schluck aus der Wasserpulle!" Zu diesem Anlass haue ich mich gemütlich ins Gras und genieße die Köstlichkeiten in vollen Zügen. Der Leser muss wissen, oder er weiß es bereits: Poldi war und ist nicht der Stärkste, sicherlich benötige ich aufgrund meiner Behinderung häufigere Pausen als die meisten meiner Artgenossen. Aber das wissen Frau- und Herrchen, zu keinen anderen Menschen hätte mich der Herrgott schicken können!

Allerdings kann ich nicht verhehlen, Gefahr zu laufen, das eine oder andere „Pfündchen" zu viel auf meinen athletischen Körperbau zu laden …

Aber keine Sorge, noch haben wir alles im Griff, und die Weight Watchers können noch eine Weile warten.

Zurück im „Salzburger Traditionshotel" machten sich meine Leute für das Abenddinner frisch und hübsch, so gut es eben ging, was ich mit Argusaugen im Liegen beobachtete. Aber ja, dachte ich, mit denen kann ich mich wirklich noch sehen lassen; Frauchen im rot-weißen Blumendirndlgewand, Herrchen in Hirschlederhose mit weißem Trachtenhemd, meine Wenigkeit mit grün-weißem Halstuch und „Festtagsleine" schritten wir über die weitläufige Terrasse zu dem für uns reservierten Tisch.

Mangels direkter Nachbarn konnte ich mich in voller Länge neben dem Tisch ausstrecken und genoss nach meinem „Abendmahl" die würzige Salzburger Bergluft, natürlich leidenschaftlich mein geliebtes Kauknöchelchen vor mich hin kauend.

Auch im Frühstücksraum war ich am nächsten Morgen leider nicht erwünscht, und wir freuten uns deshalb umso mehr, diesen „hundeunfreundlichen" Ort zu verlassen.

Testergebnis
Empfang: 🐾
Zimmerservice: 🐾🐾
Info Gassiwege: 0 Pfoten
Zugang Restaurant: 0 Pfoten
Zugang Frühstück: 0 Pfoten
Barzugang: keine Bar im „Sanatorium": 0 Pfoten
Hundebett: 0 Pfoten
Leckerli: 0 Pfoten

Prinz Poldi

Leinenzwang? So ein Blödsinn!

Balkon mit Aussicht!

Fuldererhof mit Baustellenambiente, bei der Buchung verschwiegen!

Zwischenstopp auf Gut Osiris

Als Logistester in Sachen Hundefreundlichkeit übernachtete ich mit meinen Leuten unlängst im noblen Gut Osiris, einem traditionsreichen Hoteldorf unweit des Chiemsees gelegen.

Frauchen buchte das Viersternehotel als Zwischenstopp für uns drei auf der Durchreise nach Österreich. Mal sehen, ob der Aufenthalt diesmal hält, was der wort- und bilderreiche Internetauftritt verspricht, dachte ich, als wir in die Privatstraße zu dem weitläufigen Hotel-Gut einbogen.

Unglaublich, welchen Neigungen „mensch" hier allenthalben nachgeht: auf Pferden reiten, die Armen sogar beim so noblen „Polosport", dem Sport der Könige, drangsalieren; auf Gut Aiderbichl bei Herrn Aufhauser haben es die Pferde besser, dort gilt Reitverbot!

Golfen, sogar mit uns Hunden, allerdings an der Leine, sei gestattet, beim Freilauf würdest du noch 'nen Ball gegen die Birne kriegen, wenn de Pech hast, schoss es mir durch die Synapsen.

Sogar einen Heißluftballonflughafen gibt es hier auf dem 170 Hektar großen Gutsgelände, so die Homepage des Gutes, ganz abgesehen von der Menschnutzung des 2500 qm großen Wellenbereiches.

Unseren Wagen vor dem „Gutshaus-Hoteleingang" kurzgeparkt betraten wir die Rezeption zum Einchecken. Vor der Türe schon mal keine Hundebar mit frischem Wasser, auch im Empfangsbereich kein Wasser, keine Leckerli ... Dafür empfing uns ein auf Krawall gebürsteter, von seinem Herrn kurz an der Leine gehaltener Schweißhund. Unangenehmer Bursche!, dachte ich.

Die hübsche junge Rezeptionistin hatte nicht mal ein „Grüß Gott" für mich übrig, sie schob Herrchen nur den Anmeldeschein über den Tresen und fragte, ob sie uns einen Pagen wegen des Gepäckes schicken solle, was wir dankend ablehnten.

Über die Stiege im Komfort-Doppelzimmer angelangt, hatte ich jetzt einen höllischen Durst: auch hier kein Tropfen Wasser für mich ... Wenn Frauchen nicht sofort meinen Wassernapf aus unserem Wanderrucksack „bewässert" hätte, wäre ich auf der Stelle dehydriert. Auch ein irgendwie geartetes Leckerli zur Begrüßung: Fehlanzeige!

Wie ich in Herrchens Laptop entdeckte, warb der Hoteldirektor mit einem eigens für uns Vierbeiner eingerichteten „Pfötchenwochenende" für zwei- und vierbeinige Gäste: „Gut Osiris heißt jedes Familienmitglied willkommen, so darf auch Ihr vierbeiniger Liebling alle Vorzüge unseres Gutes genießen. Das weitläufige Areal erwandern, joggen, baden und vieles mehr!" Wo ich doch weder jogge, bade, wie Peter Ustinow als Hercule Poirot in dem Film „Tod auf dem Nil", in dem dieser gehend Schwimmübungen auf dem Sandstrand vollführte, weder golfe noch pflege, mit einem Heißluftballon durch die Lüfte des Voralpenlandes zu „fahren" – sicherlich weiß der gebildete Leser, dass „mensch" mit einem Ballon nicht fliegt, sondern fährt.

Neben den inkludierten Leistungen für Frauchen und Herrchen wie: zwei Übernachtungen, Genießerfrühstück (hier darf ich mit), alkfreie Getränke aus der Minibar, freie Nutzung des Spa und einer einstündigen Harmony-Ganzkörperbehandlung von sechzig Minuten, frage ich mich allen Ernstes: „Welches sind die Zu- bzw. Anwendungen für den Hund?

Die lauten: kostenfreie Hundebar, kostenfreie Nutzung unserer Hundedusche, Überraschungs- und Begrüßungs-Leckerli auf dem Zimmer, Zimmerschild mit Hundebild „Ich bin im Zimmer" ...

Lieber Leser! Ich bin nun wirklich nicht über die Maßen anspruchsvoll, aber bitte schön, in der auf dem Wege zum Restaurant „Goldpflug" entdeckten Hundebar lauerten hundsordinäre, furztrockene Leckerchen vom Discounter, um die ich gewöhnlich schon einen weiten Bogen mache; und was soll ich mit einer Hundedusche, wo ich Wasser nicht ausstehen kann, es sei denn zum Trinken? Wie wohl die allermeisten meiner Artgenossen so verfüge auch ich über ein hervorragend funktionierendes „Selbstreinigungssystem", wenn nicht gerade mal bei einem Wolkenbruch der aufgeweichte Waldboden an mir hochspritzt.

Auch mit einem Türschild „Ich bin im Zimmer" konnte ich herzlich wenig anfangen: Soll ich es mir etwa um den Hals hängen?

Also handelte es sich hier kaum um ein Pfötchenwochenende, sondern eher um ein Menschenwochenende mit Duldung der Vierbeiner ... Gleich nach der „Zimmerinanspruchnahme" fragten wir wieder eine weitere Rezeptionistin nach einem schönen Hundewanderweg mit „Freilaufcharakter".

Auf einer bunten Geländeskizze wies sie uns einen schwarz gestrichelten Weg am Golfplatz vorbei in Richtung des nahen Waldes. Leider machte sie sich nicht die Mühe, mal eben kurz mit uns vor das Hotel zu treten, um uns den rechten Pfad in der Natur zu weisen, sodass wir einem Schild „Wanderweg" folgten und schlussendlich auf der Galoppbahn landeten.

Ich, natürlich hellauf begeistert, raste die breite Sandbahn entlang, links und rechts über die ca. 10 cm hohe Bahnbegrenzung hin und her springend, mich im nächsten Sandhaufen auf dem Rücken wälzend und dabei wollüstige Geräusche ausstoßend. Egal, Hauptsache endlich frei laufen und die Gelenke von der langen Autofahrt bewegen.

Als ein freundlich grüßender Reiter mit sage und schreibe vier weiteren Pferden im Schlepptau an uns vorbeiritt, schreckte meine Leute das anscheinend von einem Jäger aufgestellte Schild, auf dem zu lesen stand: „Bitte, liebe Menschen: Nehmt in meinem Lebensraum Eure Hunde an die Leine, ich habe eine Todesangst vor ihnen!"

Also, da hört sich doch wohl alles auf, weder jage noch fresse ich kleine Rehkitze auf, die gehören nun wirklich nicht auf meinen Speiseplan.

Frauchen meinte nur, die armen Wildtiere sollten wohl besser vor den Flinten der schießwütigen Jäger geschützt werden anstatt vor uns harmlosen Spaziergängern!

Am Ende der Pferdebahn gelangten wir, ich wegen des nahen Golfplatzes, wieder „online" an unseren Ausgangspunkt am Hotel zurück und entdeckten leider erst jetzt den vom Hotelpersonal empfohlenen Hundewanderweg, welcher zwischen den Spielbahnen hindurch in Richtung des Weilers „Fehling" führte.

Zu meinem Erstaunen begleiteten zwei Golden Redrieverhunde ihre Leute während deren Golfrunde neben dem Golfcart.

Vorsorglich hatte mich Frauchen bei der Buchung natürlich als gut erzogenen, lieben mitreisenden Vierbeiner auch für das Dinner im Restaurant „Goldener Pflug" angemeldet, damit dort ein Tisch für uns reserviert würde, wo ich mit meiner Größe bequem Platz fände. Als wir den Abendtisch in Augenschein nehmen wollten, erfuhren wir von dem kahlköpfigen, aber sehr selbstbewussten Ober, leider hätte die Reservierung wohl verabsäumt, die Tischbuchung an das Restaurant weiterzuleiten.

Trotzdem wolle er einen geeigneten Platz für uns vorhalten. Als wir am Abend in dem von Gewölben umfassten Gastraum Platz nahmen, merkte ich gleich, dass der Fußboden im wahrsten Sinne des Wortes steinhart war und mir meine Knöchelchen wehtaten. Hier kann ich bestimmt keine zwei Stunden liegen bleiben, bis meine Leute gegessen haben, dachte ich, sodass ich dies Frauchen und Herrchen auch gleich durch Schnauze flach auf die Eckbank legend kundtat.

Dann schon lieber auf der gemütlichen Couch im Zimmer bleiben und ein wenig „Serengeti darf nicht sterben" im TV schauen, bis Frau- und Herrli wiederkommen.

Als meine Leute mich nach ihrem als gutbürgerlich empfundenen Abendessen zu einem kleinen Nachtgassi einluden, begegneten uns noch so einige „Geschäftemacher" auf leisen Pfoten zwischen den historischen Gebäuden des Hotelgutes.

Natürlich benutzten wir alle die auf dem Gelände bereitgestellten Gassibeutel.

Nach einer erholsamen Nacht führte mich Herrchen noch mal zur Galoppbahn, in deren Nähe mindestens acht Fesselballons in die von der Morgensonne bestrahlten frühen Nebelschwaden aufstiegen. Ein paar kurze „Wuffwuffs" über diese sonderbaren „Fahrzeuge" sollten mir schon gestattet sein.

Da begegnete uns wieder der freundliche Reitersmann von gestern, jetzt „hoch zu Jeep sitzend", wie gestern wieder glücklich in sich selbst ruhend und uns freundlich zuwinkend. Sicherlich freute er sich schon auf die heutige Arbeit mit seinen Pferden …
Unter dem Strich kann ich das Hotel-Gut Osiris meinen Artgenossen momentan nicht wirklich empfehlen, hier müsste noch einiges in eine echte „Willkommenskultur" investiert werden.

Testergebnis
Empfang: 0 Pfoten
Zimmerservice: 0 Pfoten
Info Gassiwege: 🐾
Zugang Restaurant: 🐾🐾
Zugang Frühstück: 🐾🐾🐾🐾🐾🐾
Barzugang: 🐾🐾🐾🐾🐾🐾
Hundelogis 15,50€ exkl. Frühstück: 🐾🐾

Hundebar für die Allgemeinheit

Die Aussicht lässt zu wünschen übrig!

Warum muss „mensch" immer so übertreiben?

Hier bin ich Hund, hier darf ich rein

Blumenbalkons vor Hundezimmern

Beim Morgengassi aufgenommen

Hotel Helios Frankenberg

Als Hotelgast in Sachen Hundefreundlichkeit logierte ich unlängst mit Frauchen und Herrchen zwei Tage im „Hotel Helios" in Frankenberg an der Eder.

Von Hamburg über die A7 kommend fuhren wir noch eine gute Stunde durch die grüne Lunge des Kellerwald-Edersee-Gebietes und dessen genauso romantisch wie von den Lebensadern der Stadtregionen abgeschiedenen Fachwerkdörfern.

Es war schon dunkel, als unser Jeep auf den historischen Marktplatz des Kreisstädtchens abbog. Die beim Schauen einer Fernsehsendung geborene Vorstellung, hier ein bescheiden beschauliches Hotel mitten in der Provinz vorzufinden, wurde auf angenehmste Weise „enttäuscht"!

Mitten auf dem ansonsten eher abgedunkelten Marktplatz begrüßte uns gleich ein hell erleuchtetes, mindestens fünf Häuser umfassendes Fachwerkensemble, welches direkt neben dem barocken, zehn Türme umfassenden berühmten historischen Rathaus angesiedelt war.

Anscheinend hatte der Hoteleigentümer in einem „Monopoly-Rausch" den halben Marktplatz aufgekauft, denn die Häuserreihe des Etablissements reichte bis über die nächste Straßenkreuzung hinaus, um erst kurz vor der monumentalen Kirche mit dem Helios-Spa-Bereich haltzumachen.

Jetzt wurde es aber Zeit, Pipi zu machen, meine Hundeblase verstand nach der langen Anreise nun wirklich keinen Spaß mehr. Frauchen und ich trabten gemütlich zur nächsten Grünanpflanzung, und Herrchen entschwand zum Hoteleingang, unseren gemeinsamen Einscheck vorzubereiten.

Mein „Geschäft" erledigt betraten wir die Lobby der Sonne, aber wo war „Papa" abgeblieben? Weit und breit nichts zu sehen von dem „jungen Mann", auch die Rezeptionistin hatte ihn noch nicht zu Gesicht bekommen, wie sie uns glaubhaft versicherte …

Der Leser wird es nicht glauben, aber Herrchen war im Hoteleingang der Ratsschenke nebenan verschwunden, was ab und an typisch für unseren zerstreuten Professor ist. Dort wurde er nach Betätigung der Rezeptionsklingel von einer mürrisch dreinblickenden Dame als hier nicht vorangemeldet befunden. Der „Lobbyistin" des „Schenkenhotels" war dieser Fauxpas fehlgeleiteter Sonnengäste wohl schon des Öfteren untergekommen, ihr mit Neid erfüllter Blick schien Bände zu sprechen.

Endlich stürmte Herrchen mit von der winterlichen Kälte und der Peinlichkeit seines Erlebnisses gerötetem Kopf in die Eingangshalle des Helios, wo wir mit erstauntem Blick auf ihn warteten.

Nach kurzer Identifikation der Personalien geleitete uns die auch zu mir ausgesucht freundliche Concierge auf das in warmen Herbsttönen gehaltene Kingsize-Doppelzimmer in der dritten Etage.

Auf mich wartete ein gemütliches Zweisitzersofa, Wasserschüssel mit zugehörigem Futternapf sowie eines meiner Lieblingsleckerli … Wer hätte das gedacht? Wo das „Helios" auf seinem Hotelprospekt und der Website mit keinem Wort explizit Hunde willkommen hieß, so wurden wir, jedenfalls was ich von meiner Hundlichkeit sagen kann, auf das Herzlichste empfangen.

Nachdem Frauchen auf dem Sofa meine „Leopardendecke" ausgebreitet und unser aller Zweitagesgepäck auf dem Zimmer angekommen war, hielten wir drei nach der langen Fahrt erst mal ein Stündchen „Siesta".

Vor dem Abendessen im Hotelbistro „Phellipo", wo ich wie in allen anderen vier Restaurants gern gesehen war, drehten wir noch eine kleine Gassirunde über den von heimeligen

Fachwerkhäusern umsäumten weitläufigen Marktplatz. Direkt vis-à-vis lockte das Schaufenster des „Helios-Landes", ein wohlsortierter Laden mit vielfältigen Geschenkideen: Von „A" wie Austern von der Insel Sylt bis „Z" wie Zimtsterne schien es hier alles zu geben, was das Menschenherz begehrt. Sogar an mich hatten die gedacht:

Ein wohlsortiertes Arrangement von Hundegoodies ließ mein Herz höherschlagen. Wenn ich gewollt hätte, wäre mir der Zutritt zu dem schönen Geschäft nicht verwehrt worden.

Im „Phellipo" wartete bereits ein hübsch eingedeckter Tisch mit herrlich viel Platz zu den Nachbarplätzen, sodass ich mich in voller Länge vollkommen relaxed ausstrecken konnte. Jetzt fehlt nur noch mein mit „Plentinum für die Reise" gefüllter Futtersack, den Frauchen stets vor jedem Restaurantbesuch frisch für mich auffüllt, dachte ich.

Während meine Herrschaft genussvoll ihr Dinner einnahm, öffnete ich den Klettverschluss des Futterbeutels vorsichtig mit den Zähnen und verspeiste mein trockenes Abendbrot genüsslich. In diesem „Relais & Châteaux"-Hotel braucht nicht erwähnt zu werden, dass natürlich auch ein XXL-Wassernapf für mich bereitstand. Nach letztem Marktplatz-Gassigang ging es aufs gemütliche Sofa, auf welches Mama meine flauschige Hundedecke ausgebreitet hatte. So gibt es nie Stress mit dem Gastgeber, und wir sind immer wieder willkommen!

Am nächsten Morgen wurden wir von zwei adrett in hübsche Helios-Serviceschürzen gehüllten Damen zum Frühstück in den Helios-Stuben erwartet, wo sich auch auswärtige Gäste gerne zum Essen zu treffen pflegen.

Auch hierhin durfte ich mit, was in den meisten Hotels alles andere als selbstverständlich ist. Da könnte ich Ihnen Geschichten erzählen … wo diese Häuser großartig für Hunde werben, und dann darf unsereins nirgendwo mit hin: „Hunde dürfen nicht in den Frühstücksraum, Hunde dürfen nicht in dieses und nicht in jenes Restaurant"; auf derart despektierliche Unterkünfte kann ich getrost verzichten!

Wie ich aus der Konversation zwischen meiner Herrschaft und den Frühstücksdamen entnehmen konnte, hielten letztere zu Hause Hühner, um das Helios stets mit frischen Eiern zu versorgen: „Wirklich, ein außergewöhnliches Hotel", sinnierte ich.

So, jetzt nach ausgiebiger Stärkung meiner Leute – ich pflege wegen meiner Figur am Morgen noch nichts zu mir zu nehmen – lockte ein ausgedehnter Spaziergang durch Wälder und Flure des Erderseegebietes. Keine Frage, dass ich meist frei laufen durfte, schließlich vertrauen mir Frauchen und Herrchen auch auf „Terra incognita".

Nach einem „Business-Lunch mit Kaustange für den Hund" besuchten wir noch die historische „Balkenmühle", welche auch zum Helios gehört.

Idyllisch an dem Flüsschen der Eder gelegen erinnerte sie an lange vergessene Zeiten. Für mich war es hier nicht so schön, weil wir nur auf asphaltierten Radwegen gehen konnten, was meiner davon leicht blutenden Vorderpfote leider abträglich war.

Auch den zweiten Abend nahmen wir unser Dinner im „Phellipo" bei Kerzenschein und Gourmet-Trockenfutter ein. Der Barkeeper brachte mir sogar selbst gebackene Hundekekse zum Dessert, die ich genüsslich verspeiste.

Am nächsten Morgen traten wir mit einem rundherum glücklichen Gefühl die Heimreise an.

Das „Helios Frankenberg" kann ich nur jedem Hundehalter wärmstens empfehlen!!!

Testergebnis
Empfang: 🐾🐾🐾🐾
Zimmerservice: 🐾🐾🐾🐾🐾🐾
Info Gassiwege: 🐾🐾
Zugang Restaurant: 🐾🐾🐾🐾🐾
Zugang Frühstück: 🐾🐾🐾🐾🐾🐾
Zugang Bar: 🐾🐾🐾🐾🐾🐾

Roomservice perfekt!

Hotel Helios

Bin schon längst kein „puppy" mehr!

Erst mal „Siesta"

Kilometerlange Gassiwege

Im Forsthaus Reinbek

Auf der Durchreise von Sylt kommend weilten wir für eine Nacht im Hotel „Forsthaus Reinbek", im Osten der Hansestadt Hamburg ganz idyllisch am Rande des „Bergedorfer Gehölzes", einem weitläufigen Ausläufer des Sachsenwaldes, gelegen.

Es ist für Hundehalter wirklich sehr zu empfehlen, denn es führen von hier aus kilometerlange Waldwege in die Tiefen des Sachsenwaldes, welcher vor allem durch Reichskanzler Fürst Bismarck bekannt wurde, der hier auf seinem Landsitz viele Jahre lebte.

Das Fünfsternehotel liegt etwas abseits im Osten Hamburgs und wird in erster Linie von den Menschen und Hunden der Region frequentiert.

Um diesen Eindruck zu vermeiden, hat die Hotelleitung an allen Zimmertüren Messingschilder mit Prominentennamen angebracht, welche in den betreffenden Unterkünften jemals genächtigt hatten, dachte Herrchen.

In unserem logierte bereits Marianne Rosenberg: „Du gehörst zu mir wie mein Name an der Tür …", meinte die etwa mich? Woher kannte mich dieser Schlagerstar aus der Jugendzeit von Frau- und Herrchen?

Na ja, jedenfalls rührte mich der Text dieses Schlagers, obwohl ich selbstredend natürlich ausschließlich zu meinen Leuten gehöre!

Irgendwie war an diesem Reisetag alles anders als sonst. Normalerweise bin ich immer der Erste, der mit einem Sprung im Auto sitzt, um zu verhindern, dass „mensch" vergisst, mich mitzunehmen.

Aber heute früh verspürte ich nicht die geringste Lust, zu reisen, ich fühlte mich bei unserem Morgen-Gassigang schon schlapp, nicht mal der trötende Ruf eines Fasans, bei dem ich gewöhnlich „ausraste", konnte mich aus der Fassung bringen.

Aber es half ja nichts, meine Leute hatten das „Forsthaus" für uns drei gebucht, also starteten wir so gegen 09:00 Uhr gen „Süddeutschland", wie die Nordfriesen die Gegend um Hamburg nennen.

Vielleicht war ich auch deshalb so unmotiviert, weil Frauchen an diesem Abreisetag besonders gereizt schien, ob der mannigfaltigen Erledigungen, die sie schon am frühen Morgen und am Vortage zu besorgen hatte: Alleine das Hundeequipment mit vollgepackter Proviantasche, angefüllt mit speziellem Trockenfutter für die Reise, dieses besteht aus kleineren Stücken als die gewöhnlichen und ist leichter zu kauen, die hell ummantelten „Riesenministangen", eine meiner Leibspeisen, auf keinen Fall die dunkelbraun umhüllten, die stinken und sind ungenießbar, und nicht zu vergessen: Die kleinen Knöchelchen, mit getrockneten Hühner- oder Entenstreifen umwickelt für die Zahnhygiene, sind obligatorisch mitzuführen. Ich will nicht lügen, aber sicherlich habe ich in den fünf Jahren meines irdischen Daseins bereits ein kleineres Mittelgebirge dieser Speisen vertilgt!

Der Hunderucksack mit Futter- und Wassernapf, die Wasserflasche, die Hundedecke für das Hotelsofa, das Hunde-Reisebett, Bürste, Kamm, Verbandszeug für meine linke Pfote (Frauchen muss die Krallen meines linken Vorderlaufes vor jedem Spaziergang mit einem Wattebäuschchen und Pflasterstückchen kunstvoll tapen, damit ich wegen meiner Fehlstellung die Ballen nicht blutig laufe) und noch vieles mehr bedurfte einer sorgfältigen Vorbereitung; von den Utensilien des Menschen-Reisebedarfes ganz zu schweigen.

Wenn ich schon beobachtete, und der Leser kann mir glauben, meiner Beobachtung entgeht nichts, nicht einmal ein Wimpernschlag von Frauchen oder Herrchen entzieht sich meinen „Adleraugen", welche sämtlichen Aktivitäten meiner Menschen folgen, auch wenn ich regungslos daliege und vor mich hin zu dösen scheine.

Wie üblich stritten Frauchen und Herrchen auch dieses Mal wieder über die Anordnung der Gepäckstücke im Kofferraum unseres Wagens, weswegen Mann und Hund heute alleine Gassi gingen, um weiteren Auseinandersetzungen im wörtlichsten Sinne des Wortes „aus dem Wege zu gehen". Herrchen packte die vielen Sachen oft nicht im Sinne von Frauchen, die besonders die „Hundeartikel" sofort bei der Ankunft im Hotel benötigte, diese also zuletzt in den Kofferraum hineinschob.

Männer sind in anderen Dingen besser, wo Frauen so ihre Lücken haben, hielt ich solidarisch zu meinem Herrn: von Mann zu Mann!

Als wir nach Erledigung insbesondere meiner „Geschäfte" zurück waren, sprang ich mit einem Satz auf die Rückbank, Herrchen sicherte mich mit dem „Hundegurt", und erhobenen Hauptes mit hochgestellten Ohren bedeutete ich: „Leute, ich wäre dann so weit, es kann losgehen!"

Nach gut und gerne drei Stunden Fahrt, begleitet von Regen, Wind und Sonnenschein, eben einem Aprilwetter, wie es sich gehört, bogen wir in die Zufahrtsstraße zum „Forsthaus" ein. Endlich angekommen, nahm ein beglückendes Gefühl Besitz von meiner Hundeseele.

Dem/der erfahrenen Hundefreund/-in brauche ich nicht zu erklären, dass es vollkommen gleichgültig ist, welches Wetter Petrus gerade zur Erde schickt, und ich bin nun alles andere als ein Freund windigen oder gar regnerischen Wetters; wenn der Gassigang am Morgen, am Mittag oder am Abend ruft, geht es hinaus in Gottes freie Natur.

Will dem Leser aber nicht verschweigen, dass ich nun ganz und gar kein Liebhaber stürmischer oder gar regnerischer Witterung bin. Schon beim Anblick strömenden Regens pflege ich mich bereits im Hausflur vor dem Übertreten der

Türschwelle herzhaft zu schütteln, als wäre das Hundefell bereits von Nässe durchtränkt.

Wie gewöhnlich nach Autofahrten so unternahmen wir auch jetzt erst mal eine kleine Exkursion in den hotelnahen Buchenwald entlang eines breiten Weges, der von vielen Anwohnern Reinbeks und jenen der anderen an den Sachsenwald angrenzenden Gemeinden als Naherholungsgebiet genutzt wird.

Nur vor manchen Radfahrern mussten wir uns in Acht nehmen, die mit einem „Affenzahn" angerast kamen und verabsäumten, durch ein Klingelzeichen auf sich aufmerksam zu machen. Aber dergleichen Spezies schien allerorten vorzukommen und waren kein Alleinstellungsmerkmal der hiesigen Region. Von der Leine gelassen trabte ich nach Herzenslust zwischen den alten Buchen hindurch, so manchen fremden Geruch tief in meine sensible Hundenüstern aufzunehmen. Natürlich hinterließ auch ich die eine oder andere Duftnote, um hiesigen Vierbeinern klarzumachen: „Boys and girls, be relaxed, Poldi was here!"

Frauchen meinte: „Nicht gleich übertreiben, junger Mann! Jetzt wollen wir erst mal einchecken und das „Doppelzimmer zum gemeinsamen Entspannen', wie der Text der Hotel-Homepage versprach, in Beschlag nehmen."

Und nicht nur das: „Das Doppelzimmer im Forsthaus Reinbek ist der ideale Ort für entspanntes Übernachten zu zweit" (und was ist mit meiner Wenigkeit? Es hätte heißen müssen: entspanntes Übernachten zu dritt"); „das stilvoll eingerichtete Zimmer von 30 qm mit seiner Sofaecke" (sehr wichtig für den anspruchsvollen Hund) „und Schreibtisch" (sehr wichtig für Herrchen) „bietet der Raum für Ruhe und Erholung oder ein anregendes Gespräch", so der prosaische Werbetext der noblen Herberge.

Und das alles ab 160 Euro zuzüglich 18 Euro für das Frühstück.

Ein Extralink für Hunde versprach: „Tierisch gut! – Urlaub mit dem besten Freund, das Forsthaus Reinbek macht es möglich. Hier muss der Hund nicht draußen bleiben, hier ist bestens für ihn gesorgt."

Und tatsächlich, als wir die Zimmerschwelle überschritten, lachte mein Hundeherz: Ein Wasser- und ein Futternapf, eine Packung Hundekekse, ein gemütliches Sofa, von Frauchen unverzüglich mit meiner sauberen Katzenmotivdecke versehen, das großzügige Doppelbett und der Schreibtisch, an welchem diese Geschichte, natürlich von mir ersonnen und von meinem Herrchen niedergeschrieben, entstand.

Wahrlich, eines von wenigen Hotelzimmern, wo die Bettpfosten nicht von meinen Vorgängern abgekaut wurden, der Teppichboden nicht von hässlichen Flecken bedeckt war, sondern alles in allem es sich hier um eine gepflegt ausgestattete Räumlichkeit handelte, wo die Menschen gegen Entgelt nicht aufgrund der mitreisenden Hunde abgewohnte, schon lange nicht mehr renovierte Unterkünfte hinnehmen mussten, aber die gleichen Preise zahlen durften.

Einzig der fehlende Balkon trübte meine Begeisterung ein wenig, wo ich dort doch so gerne Ausschau halte, ob nicht Reineke Fuchs ums Haus schleicht, sich ein Reh für die Speisereste in der Müllbox des Hotels interessiert oder sich gar ein Eichhornweibchen auf der Flucht vor dem liebestollen Eichhornmännchen mit diesem ein wildes Verfolgungsrennen durch die Baumwipfel liefert.

Und gerade hier am Forsthaus wäre die Wahrscheinlichkeit, solche Individuen auszumachen, besonders groß gewesen!

Nicht dass der interessierte Leser mir jetzt unterstellt, ich hätte etwa wegen meiner Eigenschaften als Deutsch Langhaar Jagdgelüste auf vorgenannte Mitgeschöpfe, aber nein, wo ich doch ob meiner Jagduntauglichkeit auf einem Müllplatz nahe der Stadt Patras ausgesetzt oder besser gesagt „entsorgt" wurde, eigne ich mich ausschließlich als Kamerad und Schmusehund des Menschen. Den Satz bitte mal überspringen, lieber Leser: Bei dem Anblick eines „Eichkatzerls" recke ich schon mal meinen langen Hals nach oben in die Baumkronen und belle ein paar Takte in Fortissimo, aber „mensch" möge mir verzeihen, schließlich bin ich ein Hund, und ein Hund, der niemals bellt, sollte seine „Lizenz" abgeben!

Die Hundekekse waren jetzt nicht wirklich nach meinem Geschmack, aber der gute Wille zählt, dachte ich! Dafür gebe ich gerne 18 Euro die Nacht aus.

Nach einer, der geneigte Leser wird es schon ahnen, gepflegten Zimmerstunde, ich gemütlich auf dem bequemen Sofa, meine Leute in ihrem geblümten Polsterbett, machten wir uns auf zu einer ausgiebigen Wanderung in den bismarckschen Sachsenwald, wo unser früherer Reichskanzler viele Jahre seines langen Lebens auf seinem Landsitz verbrachte.

Der Hoteleigentümer schien eine besondere Affinität zu ihm zu bewahren, da es ein besonderes Bismarckzimmer gibt, und selbst in unserer Logis hingen einige Fotos und Radierungen dieses Meisters der deutschen Außenpolitik an den Wänden. Kam sich Herr Tschonke gar als gefühlter Nachkomme Otto von Bismarcks vor, ob seines veritablen Lebenswerkes, ein unübersehbares Hotelimperium aufgebaut zu haben?

Na ja, es steht uns nicht zu, diesen Gedanken weiterzuspinnen, lassen Sie uns besser die Tiefen des größten Waldgebietes Schleswig-Holsteins erkunden:

Unmittelbar am Hotel führt ein weit verzweigtes Wegenetz in das Bergedorfer Gehölz; das Flüsschen Bille links liegen lassend marschierten wir frisch und munter weiter in Richtung Wentorf, welches neben Aumühle und Wohltorf als Villenvorort Hamburgs bezeichnet wird. Tausendundein Geruch ließen mich meinen Leuten kaum folgen, dermaßen überwältigt war ich von den fremden Fährten links und rechts des Weges, umsäumt von leuchtend weißen Buschwindröschen, den ersten Frühlingsboten des Waldjahres.

Stets die Nase am Boden versäumte ich jedoch keine Sekunde, den Kontakt zu Frauchen und Herrchen zu halten, als ein Dackel samt seiner Herrschaft unseren Weg kreuzte. „Ist Ihr Hund ein Rüde?", rief das Frauchen der Dackeldame zu uns herüber, „Lilly ist nämlich heiß …" Ich ließ mich von Herrchen gleich an die Leine nehmen, hatte sowieso keine Ambitionen, ihr zu nahe zu kommen.

Das „andere Ende" meiner Leine musste natürlich gleich petzen, dass ich vor der Flucht nach Deutschland bereits als halbjähriger Welpe meiner Männlichkeit beraubt wurde, der tiefere Grund dieser Maßnahme hat sich mir bis zum heutigen Tage nicht erschlossen. Die „lieben Griechen" hätten mich zwar irgendwann im Mittelmeer ertränkt, aber ohne Kastration durfte ich das EU-Land Griechenland nicht verlassen, um in das EU-Land Deutschland auszureisen.

Eine solche Bestimmung konnte nur einem wirren griechischen Beamtenhirn entsprungen sein; uns Straßenhunde betrachtet der stolze Helene schließlich als „lebensunwertes Leben". Kommt diese Metapher dem jetzt hoffentlich verärgerten Hundefreund in einem unheilvollen Kontext deutscher Geschichte nicht bekannt vor?

Nein, mal ehrlich: Der typische Grieche behandelt uns tatsächlich als Ungeziefer, wie eine Kakerlake, die in diesem ach so beliebten Urlaubsreiseland nichts verloren hat. Und so einem ethisch vollkommen verdorbenen Pleite-Staat lieh und leiht Deutschland via EU Milliarden und Abermilliarden Euro. Hätten die mich gefragt, hätte ich denen gleich sagen können: „Das Geld seht ihr niemals wieder, die Tilgung von Darlehen ist in der griechischen Verfassung nicht vorgesehen." Meine Peiniger haben ja bereits beim EU-Eintritt mit „getürkten" Zahlen betrogen, um die anderen naiven EU-Länder abzuzocken.

„Mensch" muss sich mal vorstellen, die vielen jungen Flüchtlinge, welche „meiner Balkanroute" neuerdings folgten, würden samt und sonders vor der Einreise in Deutschland entmannt, welcher Aufschrei ginge wohl durch die Medienlandschaft?

Zurück im Waldhaus machten wir uns hübsch für den Abend, denn in diesem wunderbaren Haus durfte ich tatsächlich mit ins Restaurant. Welch wohltuendes Erlebnis, kein Hinweis des Hotelpersonals: „Ins Restaurant darf Ihr Hund leider nicht, aber wir decken gerne am ‚Katzentisch' in der Bar oder im dunklen Kaminzimmer für Sie ein, da ist es schön kuschelig warm …"

In freudiger Erwartung machten wir drei uns im Zimmer, so gut es ging, hübsch. Frauchen erstrahlte in ihrem schönsten Gewand, und auch Herrchen machte für sein Alter noch eine gute Figur!

Ich wurde von Frauchen schon vor dem Hotel gründlich ausgebürstet und bezüglich des „Gemeinen Holzbockes" gefilzt, denn diese Spezies pflegen sich gewöhnlich mickrig klein und schwarz auf meinem Fell zu platzieren und langsam die Weichteile meines athletischen Körpers mit der Absicht der Blutentnahme aufzusuchen.

Noch ein dekoratives Tuch um den Hundehals geschlungen, und schon schritten wir zu dem großen runden Tisch im Speiseraum, wo ich jede Menge Platz zum gemütlichen Liegen vorfand.

Sogleich kredenzte mir das ausgesucht freundliche Servicepersonal eine Schale frischen Wassers, und wir genossen einen schönen Abend, begleitet von Lammfilet an Speckbohnen, einem gelben Muskateller aus der Steiermark und einem Hundemenü mit „special food" für den verwöhnten Hundegaumen.

Nach einem letzten Luftschnappen vorbei an dem urbayerisch anmutenden „Stadl" vis-à-vis vom Hotel, wo sich in Dirndl und Lederhosen gehüllte junge Leute dem alpenländischen Hüttenzauber vor den Toren der Hansestadt hingaben, zogen wir uns auf das gemütliche Hotelzimmer zurück und gingen zu Bett.

Am folgenden Morgen durfte ich sogar mit in den Frühstücksraum, auch das sehr angenehm für den verwöhnten Hund.

Aber zuvor noch eine Runde kuscheln mit Herrchen: Dabei lasse ich mich in Zeitlupe auf die Seite gleiten, kraule mir mit der Vorderpfote die langen „Ohrwaascheln" und gebe wollüstig gurrende Laute von mir, will heißen: Herrchen, komm und massiere meinen athletischen Körperbau, und zwar immer vom Kopf angefangen mit steigenden Bewegungen nach hinten, und das so ca. zwanzig bis dreißig Mal, streichle zärtlich meinen Kopf, die Ohren, und wenn du fertig bist, kannst du Frauchen auch noch schicken … Und erst dann ist „hund" zufrieden und schüttelt sich nach bester Vierbeinermanier, was das Zeug hält.

Nach einem dreiviertelstündigen letzten Morgengang durch den Reinbeker Forst traten wir zufrieden unsere Heimreise an.

Testergebnis
Empfang: 🐾
Zimmerservice: 🐾🐾🐾🐾🐾🐾
Info Gassiwege: bedurfte keiner Schilderung
Zugang Restaurant: 🐾🐾🐾🐾🐾🐾
Zugang Frühstück: 🐾🐾🐾🐾🐾🐾
Zugang Bar: 🐾🐾🐾🐾🐾🐾
Logis: 🐾🐾🐾🐾🐾

Da oben hockt ein Eichhörnchen!

Könnte jetzt ein Leckerli vertragen!

Eine schöpferische Pause

Drei Tage im Sylter Gourmethotel

Als Logistester in Sachen Hundefreundlichkeit weilte ich mit Frauchen und Herrchen im „Hotel & Restaurant Björn Möller" in Westerland, auf „Deutschlands schönster Insel" in der Nordsee.

Ich muss vorausschicken, dass meine Leute schon seit vielen Jahren auf „Die Insel" kommen und hier fast zu Hause sind. So suchte Frauchen also im WWW das Hotel & Restaurant Björn Möller aus, dessen Ruf schon lange durch ganz Deutschland hallt.

Wie wir bereits aus den Medien erfuhren, hatte der Sternekoch seine „Planeten" in diesem Jahr zurückgelegt, da er sich nicht mehr den hohen Auflagen der Michelin-Jury aussetzen wollte. Trotzdem solle jedoch die von den Gästen erwartete Spitzenqualität der Speisen und des Services darunter natürlich nicht leiden, wie er medial verlauten ließ.

Im Internet zeigte sich das Hotel & Restaurant, wie es bei allen Gastbetrieben heutzutage gute Sitte ist, virtuell von seiner Schokoladenseite: der Chef lachend mit lustigem Schnauzbart in Kochkluft und die Dame des Hauses geschäftig mit Smartphone am Ohr nur beiläufig in die Kamera blickend.

Der Herberge bestand aus syltklassisch reetbedecktem Hauptgebäude mit einem direkt dahinterliegenden weiteren Hoteltrakt und der über die Seitenstraße entfernten „Gartensuite", die wir für 340 Euro zuzüglich 15 Euro für meine Wenigkeit für die Dauer von drei Tagen gebucht hatten.

Mit dem „Sylt-Shuttle" bereits am Morgen auf der Insel spendierten mir meine Zweibeiner erst mal einen ausgedehnten Freilauf in der Heidelandschaft am Rande des Flughafens.

Hier stimmte einfach alles: eine große eingezäunte Hundewiese mit Sitzbank für gehbehinderte oder altersschwache Frauchen und Herrchen und allerlei Urlaubs- und „Hiesigenhunde".

Schon bei der Anfahrt spekulierten wir, ob hier freundlich ausschauende Pfotenläufer Verträglichkeit erahnen ließen. Denn Machos bekommen meiner Gehbehinderung so gar nicht. Auf diese den „Molli" machenden Kampftölen hatte ich nämlich nicht die geringste Lust. Erst neulich biss mir eine angeleinte hinterhältig struppige Krawallbürste mein rechtes Deutsch-Langhaar-Ohr blutig.

Deshalb gingen wir auch heute gleich hinter der Hundewiese zügig los entlang weicher Graspfade in Richtung Wenningstedt, vorbei am Marinegolfplatz und wieder zurück zum Ausgangspunkt. Herrliche Rundwege laden hier den Wanderer mit und ohne Vierbeiner ein, zum Genuss der herzhaften Seeluft gewürzt mit einem Schuss Heidearoma.

Ein kurzer Anruf im Hotel gestattete uns, statt ab 15:00 Uhr schon um 13:30 Uhr unser Zimmer zu beziehen, was wir dankend annahmen.

„Geöffnet ab 17:00 Uhr", empfing uns das Schild im Fenster des Herbergseinganges. Herrchen ließ sich nicht abschrecken und lief um sämtliche Gebäude herum auf der Suche nach dem offiziellen Hoteleingang: Fehlanzeige, alles verrammelt, als sich plötzlich die „17:00-Uhr-Türe" öffnete und eine blasse korpulente Bürogestalt Papa fragte: „Wollen Sie zu uns?"

Als jetzt beide wohl auf dem Wege zur gefühlt drei Kilometer entfernten Dreitagessuite waren, kam in Frauchen und mir schon ein leises Gefühl der Verzweiflung auf, wo wir noch immer vom Winde zerzaust im Wagen auf unseren Chef warteten. Endlich: Wieder zurück von seinem „Ausflug ums Hotel" rollten wir auf einen kleinen Parkplatz vis-à-vis unserer Unterkunft.

Das Dreitagesgepäck unter dem Arm, mich an der Leine stürmten wir in die gemietete Wohnung. Zugegebenermaßen erwartete uns ein auf den ersten Blick gepflegtes Appartement mit Wohnzimmer mit massivem Möbel, Sofa, Sitzgarnitur und Mini-Pantryküche plus Kühlschrank sowie Essecke. WLAN-Flach-TV und HiFi: selbstverständlich! Bad leider ohne Wanne, welche Frauli sehr vermisste, und extra Gäste-WC: angenehm; das Schlafzimmer schön geräumig mit viel Platz für die Garderobe, das Menschenbett allerdings mit „Gummikissen" bestückt.

Vor dem Bett genug Platz für mein weiches Hundebett; schlafe gern in der Nähe meiner Leute, so kann ich sie besser bewachen!

Der Hinweis auf der Hotel-Homepage: „Haustiere nur auf Anfrage", wurde hier sogleich Wirklichkeit: „Wo bitte schön stehen mein mit kühlem Nass gefüllter Wassernapf und meine Futterschüssel? Gibt es zur Begrüßung keinen von Björn Möller gebackenen Gourmet-Hundekeks? Kein Hunde-Amuse-Gueule? Nicht mal ein stinknormales Lidl-Pansenstangerl?

Bei allem Verständnis für die Bevorzugung von Menschengästen war ich doch zutiefst enttäuscht vom Sylter Spitzenkoch Björn Möller, dass unsereins hier so gar nicht willkommen geheißen wird.

Gott sei Dank hatten Frauchen und Herrchen alles dabei, was ein Hundeherz begehrt. Eigentlich sollte das Hotel anstatt „Hunde nur auf Anfrage" schreiben: „Hunde, nur wenn es sich nicht vermeiden lässt."

Und außerdem vermisste ich einen vernünftigen Liegeplatz auf der angepriesenen Terrasse, die sich vor der Klön-Schnack-Türe befand. Leider auch hier: Vorspiegelung falscher Tatsachen. Im Garten parkten Autos von anderen Gästen nebenan und eingezäunt war auch nichts.

Nachdem meine Mama die mitgebrachte Hundedecke auf der gemütlichen Couch ausgebreitet hatte, hielten wir drei nach dieser Enttäuschung erst mal ein wohlverdientes gepflegtes Nickerchen. Der Leser muss wissen, dass die Sylter Luft gerade bei der Ankunft Mensch und Tier fürchterlich müde macht.

Nach dem „five o'clock tea", bei mir natürlich ein Schluck „Sylt-Leitungswasser" begleitet von einer Riesenministange, unternahmen Herrchen und ich einen kleinen Gang um die vier Ecken des Hotelviertels, damit Frauchen Gelegenheit zum Auspacken hatte. Allerlei weitere Spitzenrestaurants, wie „Bei Ivo" oder die sehr ein ladende „Webchristel", garnierten unseren Gassiweg.

Zurück im Hotel fragte Papa die „blasse Bürogestalt", wo wir drei heute Abend dinieren würden, schließlich hatten wir schon bei der Buchung einen Tisch mit viel Platz für den Hund bestellt. Über seine Antwort war ich „more than not amused"! Wagte der sich doch zu sagen: „Im „Pesel" haben wir heute Abend schon einen Hund, einen zweiten können wir leider nicht reinlassen, da sich so unlängst eine unschöne Situation zugetragen hätte."

Allerdings würden Frauchen und Herrchen links im Frühstücksraum essen, wo Hunde wegen des aufgebauten Frühstücksbuffets sowieso nicht hindürften.

„Haste da noch Töne, da bleibt einem lieben, gut erzogenen, in vielen Restaurantbesuchen erprobten, fast fünfjährigen Deutsch-Langhaar-Rüden doch glatt die Spucke weg, der doch einfach nur still unter oder neben dem Tisch liegt und seinen von Frauchen liebevoll mit allerlei „goodies" bestückten Bambi-Futtersack genießt. Wenn wir allerorten das Lokal verlassen, staunt manch anderer Gast, dass ich überhaupt dabei war.

Also muss ich heut Abend wohl oder übel im Zimmer bleiben, wenn meine Leute ihre bestimmt wohlschmeckende Deichlammvariationen an gedünstetem Gemüse und Prinzesskartöffelchen schnabulieren und dazu Königschaffhauser Vulkanfelsen schlürfen.

Wie mir meine Leute später berichteten, hätte sich Herr Björn Möller leider gar nicht im Restaurant blicken lassen: Schade eigentlich, wo er doch so sympathisch von seiner Homepage lächelte, vielleicht existiert er gar nicht mehr, dachte ich …

Frau Britta Möller hingegen kommunizierte ab und an mit ihren Gästen im Bereich der Rezeption. Auch Frauchen und Herrchen kamen in den Genuss.

Vielleicht hätten wir als Zusatzleistung „Konversation mit dem Hausherrn" buchen müssen, wie es in manchen „manorhouses" in Großbritannien möglich ist.

Mit hängenden Ohren und einem traurigen Hundeblick, der das Eis am Himalaja hätte zum Schmelzen bringen können, bette ich mein Haupt auf der Couch und schaue mir eine Sendung über Wildhunde in Namibia an; ich denke, die kennen meine Probleme gar nicht.

Wie mir Frauchen anschließend berichtete, sei im „Pesel" (eines von zwei Restaurants) nur ein „Wessie" (West Highland Terrier) gewesen. Wegen des kleinen Heinis machte die blasse Bürogestalt so einen Aufstand? Das darf ja wohl nicht wahr sein! Es erübrigt sich zu erwähnen, dass ich natürlich auch nicht zum Frühstück mitdurfte. Das Zimmermädchen wollte natürlich gerade dann sauber machen, als ich alleine im Zimmer war, obwohl Herrchen das Schild an die Türe hing: „Bitte nicht stören!" Lesen können die hier auch nicht, dachte ich.

Die Bistro-Bar mit separatem Eingang von der Straße war ebenfalls leider ausschließlich mit hohen Barhockern und Hochtischen möbliert, wobei die vorherrschende Enge nicht wirklich Platz bot zum gemütlichen niederlegen.

Am zweiten ausgesprochenen Syltwetter-Tag, es stürmte kräftig von Süd-Süd-West kämpften wir uns zum Rantumer Hundestrand südlich von Westerland vor. In Dikjen Deel ließ es sich für 2 Euro am Morgen noch auf dem fast leeren Parkplatz parken.

Die blonde, freundliche ältere Dame an der Kiosk-Baracke bot sogar einen Brühkaffee feil, den meine Leute aber dankend ablehnten.

In gut zehn Minuten Fußmarsch gelangten wir drei, ich erst mal an der Ziehleine wegen der zahlreichen Kaninchen in den Dünen, zum herrlich breiten, noch menschenleeren

Strand. Ableinen und losrennen, hieß es jetzt, hinunter zum Wasser. Die Schaumkronen verzierten die bestimmt drei Meter hohen Wellenberge der aufgewühlten Nordsee.

Liebe Leser, ich kann meine Gefühle kaum beschreiben. Sie hätten mich außer mir gesehen. Mit den Pfoten bis zum Bauch im Wasser, Wettlauf mit der am flachen Strand auslaufenden Brandung; bis zur Buhne traute ich mich, wo ich doch an sich nun wirklich kein Wasserhund bin. Das können Ihnen Frauchen und Herrchen schriftlich geben! Wieder zurück über den endlosen, von Ebbe verbreiterten Sandstrand rasen, eine Schnauze voll Seetang links und rechts, hin und her durch die Luft schleudern, die Hülse einer Stabmuschel kauen und wieder ausspucken, auf den Rücken rollen, die Beine in die Luft: schubber, schubber … roll, roll, und laute Wohlfühlgeräusche von mir geben, ist das nicht herrlich, liebe Artgenossen? Welcher kleine, große, Zucht- oder Straßenhund, wie ich einer war, noch keinen Strandgang auf Sylt erlebt hat, ist ein armer Tropf!

Allerdings, ich muss gestehen: Es ist ein äußerst anstrengendes Unternehmen im Sand. Bei jedem Schritt versinkst du ein Stück weit, und jeden Tag geht das wegen des Abriebs der zarten Pfotenbällchen nicht, sonst haste nach drei Tagen keine Hornhaut mehr drauf."

Den Rest des Tages gingen meine Leute noch ein wenig im schönsten Inselort, dem alten Walfängerdorf Keitum, shoppen. Viele namhafte Nobelmarken kann „mensch" hier finden: Von B wie Bogner bis N wie Nordlicht mit manch inseltypischen Accessoires lässt sich hier alles käuflich erwerben.

Überall vor den Boutiquen standen gefüllte Wassernäpfe für uns Hunde: Sehr lobenswert, dachte ich.

Den Lunch nahmen wir in Kampen im Gourmeteck ein. Hier gibt es sicherlich den besten, typisch österreichisch karamellisierten Kaiserschmarren, den Frauchen genüsslich verzehrte, während Herrchen mit Scampi-Spaghettis vorliebnahm.

Meine Wenigkeit verspeiste Allerlei von getrockneten Entenfilets, eine Handvoll „Frolic to go" (offiziell steht ja „Frolic für die Reise" auf der Packung) sowie einige Kaupralinen aus Pansen, natürlich alles im mitgebrachten Rehleinfuttersack. Unseren Nachmittagsgang absolvierten wir nochmals am schon erwähnten Flugplatzgelände, denn mit Ausnahme des Weststrandes gibt es auf der ganzen Insel keine Möglichkeit, offiziell frei zu laufen. Und auch während der Vogelbrut- und Setzzeit von April bis Mitte Juni soll „hund" hier nur „online" unterwegs sein.

Am letzten Abend besuchten wir noch den „Salon 1910" in Keitum. Hier sind wir Vierbeiner herzlich willkommen. Es empfiehlt sich allerdings, uns vorher telefonisch anzukündigen, damit die freundlichen Wirtsleute gerade bei größeren Hunden einen Tisch mit möglichst viel Hundeliegeplatz vorhalten können.

Im Salon kann „mensch" auch hübsche Kleinigkeiten wie z. B. „Keitumer Schafskäse, zergeht auf der Zunge" oder „Scambipfännchen mit Knoblauch" zu einem Glas Badischem Grauburgunder genießen.

Das Ambiente wird von einem Sammelsurium von Jugendstilbildern, Spiegeln, alten Nähmaschinen und dergleichen dominiert, eben wie im Jahre 1910.

Am nächsten Morgen bei der Abreise erwähnte Herrchen noch bei der jungen Dame an der Rezeption, dass „mensch" den Wellnessbereich nur im Bademantel über die Straße erreichen könne, woraufhin die „Rezeptöse" entgegnete: „Sie brauchen nicht bei Regen im Bademantel über die Gasse laufen, Sie können auch die normalen Klamotten anlassen, unten, im Saunabereich haben wir Bademäntel." Sie sagte tatsächlich „Klamotten", was sich in einem Viersternehotel nun wirklich nicht ziemt, dachte ich.

Als die „Dame" auch noch fälschlich behauptete, meine Leute hätten die Hundelogis mit immerhin 15 Euro pro Nacht noch nicht bezahlt, ging Herrchen echt der „Hut hoch"!

„Dann schauen Sie mal richtig nach, bevor Sie solche Dinge behaupten!" Ich fragte mich sowieso, wofür die hier überhaupt Hundelogis berechneten, für keine Leistung?

„Summa summarum kann ich bezüglich Björn Möller: Hotel & Restaurant mit Fug und Recht insinuieren: Dieses Hotel ist für Hundehalter gänzlich ungeeignet!

Testurteil
Empfang: 0 Pfoten
Zimmerservice: 🐾
Freundlichkeit: 0 Pfote
Info Gassiwege: 🐾🐾🐾🐾🐾🐾
Zugang Restaurant: 0 Pfoten
Zugang Frühstück: 0 Pfoten
Barzugang: 🐾🐾 (zur Ehrenrettung)

Ma, was ist da draußen los?

Gassi am Sylter Flughafengelände

Eine Runde Wellness in den Salzwiesen

Im Relax Inn

Als Logis'tester in Sachen Hundefreundlichkeit nächtigte ich unlängst mit Frau- und Herrchen im Göttinger „Relax In", nach eigenen Angaben Deutschlands größtes Tagungs- und Eventhotel. Eventhotel? Diese in den letzten Jahren ach so oft von Managern, Reiseveranstaltern, Gastronomen und vielen anderen wichtigen Leuten bis zum Gehtnichtmehr verwendete Bezeichnung für das schöne deutsche Wort: „Ereignis" hatte also auch Eingang in die Charakterisierung dieser Herberge genommen. Bin gespannt, welche Events hier den anspruchsvollen Vierbeiner erwarten, dachte ich.

Alleine die im Hotelprospekt genannten Zahlen: 212 Zimmer und Suiten, mehrere Restaurants und Gaststuben, sage und schreibe 69 000 qm Kongress-, Meeting-, Tagungs- und Seminarfläche sowie 8800 qm Wellness- plus Spalandschaften – und das alles mitten in Deutschland – schienen ideal für Geschäftsanlässe aller Art.

Von außen besehen wirkte das Hotel mit seiner quadratisch praktischen Silhouette eher wie ein in die Jahre gekommenes Bürogebäude und würde wohl niemals den ersten Preis des Bundesarchitekturwettbewerbes gewinnen.

Ein findiger Metzger aus Göttingen hatte das Etablissement Ende der 1970er-Jahre auf die grüne Wiese vor die Stadt gesetzt. Die Lage unweit der Autobahn A7 jedoch weit genug davon entfernt – der Verkehrslärm wehte nur kaum wahrnehmbar herüber –, eignete es sich ganz fantastisch für Durchreisende von Nord nach Süd oder umgekehrt. So pflegten meine Leute und ich hier immer wieder einmal einen „Boxen-Stopp" für eine Nacht einzulegen.

Das Viersternehaus lag nicht nur geostrategisch ideal, sondern gleichermaßen direkt angrenzend an weitläufige Gassiwege in unmittelbarer Feld- und Wiesenrandlage inklusive eines fröhlich dahinplätschernden Bachlaufes für den durstigen oder badefreudigen Hund.

Alleine die ganz außerordentlichen Dimensionen der Hotellobby, welche den Gast beim Betreten des Gebäudes überwältigen und deren Weiterungen in Restaurant und Veranstaltungsbereiche nahtlos übergingen, sprengten die Vorstellungskraft der Gäste, die hier zum ersten Mal logierten.

Mehrere Rudel von Artgenossen fänden in diesen fußballfeldgroßen Sälen ohne Mühe mit ihren Menschen Platz und ohne sich im Entferntesten ins Gehege zu kommen.

Also parkierten (wie der Schweizer sagt) wir unseren guten alten Jeep auf dem ebenso riesigen Parkplatz vor dem Hotel und machten uns auf zu einem ausgedehnten Spaziergang auf den zuvor beschriebenen Wegen.

Erst mal die von der Reise eingerosteten Hundegräten strecken und das „Göttinger Tageblatt" gründlich studieren, will sagen: die unzähligen fremden Fährten fremder Artgenossen und sonstiger animalischer Spezies wie Feldmäusen, Eichkatzerln, Karnickeln und allem, was so kreucht und fleucht, abschnüffeln und natürlich mit wohldosierten Pipispritzern markieren, damit die wissen: „Poldi was here!!!"

Selbstredend durfte ich gleich „offline" laufen, denn an diesem schon kühlen Herbstsonntagnachmittag kreuzte weder eine Hunde- noch Menschenseele unseren Weg.

Bepackt mit Hundebett, Hundeverpflegung, Hundedecke und einem kleinen Menschenkoffer marschierten wir erhobenen Hauptes, Herrchen „Dich teure Halle grüß ich wieder" frei nach Richard Wagners Tannhäuser summend zum Einchecken, wo uns ein überaus freundlich lächelnder junger Rezeptionist in Empfang nahm:

„Hatten Sie eine angenehme Anreise?", kam es ihm routiniert über die Lippen, worauf ihn Frauchen aufklärte, dass wir in nur zweieinhalb Stunden von Frankfurt am Main hierhergefahren wären. Und ich muss gestehen, dies ist für einen leicht behinderten Hund genau die richtige Distanz, um einen Zwischenstopp einzulegen.

„Auf dem Zimmer haben wir für Ihren Vierbeiner eine kleine Aufmerksamkeit bereitgestellt, für des Menschen besten Freund", rief er uns noch hinterher, als wir im Fahrstuhl zu den Suiten im fünften Stock verschwanden.

Und tatsächlich, der junge Mann hatte nicht zu viel versprochen: Im Entree wartete ein wohl für einen Jack Russel gedachter, für meine Verhältnisse allerdings etwas zu klein geratener Futternapf, dekoriert mit einem „Zwölfgramm-Beefstick": ohne Zucker, aber mit erstaunlichen 90% Fleischanteil, so die vielversprechende Aufschrift des Willkommensgoodies. Und Herrchen, ob dieser wirklich lieben Geste des Hotels einem emotionalen Überschwang anheimfallend, riss die Verpackung sofort auf, um mir dessen Inhalt freudestrahlend vor die Lefzen zu halten.

Aber nicht doch, jetzt bin ich noch viel zu aufgeregt von den vielen neuen Eindrücken und dazu viel zu erschöpft von der Autofahrt, denn der Leser muss wissen: Während der Autofahrt gilt meine volle Konzentration dem Straßenverkehr, wenn ich von meinem Thron auf der weich gepolsterten Mittelkonsole zwischen Frauchen und Herrchen liegend alles mitverfolge, was sich außerhalb unseres Sport-Utility-Vehicles bewegt.

Sicherlich komme ich auf dein Angebot zu einem späteren Zeitpunkt zurück. Aber mit einem Schoppen Wasser könntest du mir jetzt gleich eine Freude bereiten, gab ich meinem Herrli mit einem auffordernden Hundeblick zu verstehen.

Jetzt erst mal mit einem geschmeidigen Hupfer auf das gemütliche Sofa, wo Frauchen bereits meine flauschige Hundedecke ausgebreitet hatte.

Nicht dass jemand denkt, na, die sind aber anspruchsvoll, unter einer Suite tun die's wohl nicht! Aber leider waren diesmal sämtliche Doppelzimmer mit Couch ausgebucht, sodass ich nicht verhehlen kann, sehr gerne mit diesem luxuriösen Etablissement und sogar zu einem reduzierten „Stammgastpreis" vorliebnehmen zu dürfen.

Nach einem gepflegten Nickerchen für vierbeinige Königskinder kehrten wir ein in eines der zahlreichen Relax-In-Restaurants, welches hier in Anlehnung an „historisch repräsentative Gärten für nicht winterfeste Zitruspflanzen" den wohlklingenden Namen „Orangerie" zu tragen pflegte (Definition: Wikipedia). Dort erwartete uns ein elegant mit Damasttischdecke und Silberbestecken eingedeckter Tisch hinten in der Ecke mit Blick auf die „teure Halle".

Auf dem hochflorigen Teppichboden konnte ich meinen athletischen Körper gemütlich niederlassen und mich dem Inhalt des von Frauchen lecker bestückten Futtersackes in aller Ruhe widmen.

Der unserem Tische zugeteilte Jüngling von Ober schien ein wenig übertrieben freundlich, als er sich nach den Speisewünschen meiner Leute erkundigte. Anstatt mir unaufgefordert eine Schale kühlen Wassers zu kredenzen, unterhielt er sich lieber weit mehr als nötig mit den anderen anwesenden Gästen an den Nachbartischen. Nicht so seine exotisch anmutende Kollegin, welche unseren „Entertainer" beim Servieren der bestellten Gerichte und Getränke tatkräftig unterstützte.

Wie sich bald herausstellte, stammte sie aus dem westafrikanischen Kamerun, war erst vor fünf Jahren in Deutschland eingereist und sprach bereits ein ganz veritables Deutsch. Ob unserer erstaunten Gesichter verriet sie uns, dass sie die deutsche Sprache von ihrer Oma gelernt hatte und deren linguistischen Kenntnisse wiederum von deutschen Vorfahren aus unrühmlichen Kolonialzeiten Kaiser Wilhelms herrührten.

Ihr pechschwarzes, hochgestecktes Haar korrespondierte perfekt mit ihrem äußerst gepflegten, zarten dunklen Teint und beides bot einen außerordentlichen Kontrast zu ihren perlweißen Zähnen, die von ihren dunkelrot umrahmten vollen Lippen mit einem gewinnenden warmen Lächeln in Erscheinung traten.

Sogleich warb sie ganz geschäftstüchtig für den Souvenirladen ihrer Mama in Göttingens Altstadt, in welchem handwerkliche Kunstartikel aus ihrer fernen Heimat feilgeboten wurden. Sicherlich hätten wir das Geschäft auch ihr zuliebe gerne einmal aufgesucht, wären wir nur eine zweite Nacht im Relax In geblieben.

Mein Herrchen gelüstete es heute nach dem auf der Abendkarte angepriesenen Lammfilet, welches unser junger Kellner offensichtlich aufgrund von „Kommunikationsstörungen" bei der Essensbestellung nur in der Miniaturausgabe eines Zwischenganges servierte. Denn zwei höchst überschaubare Lammstreifchen kamen auf einem Bergmassiv von Polenta neben einem Klumpen Mangochutney zu liegen.

Damit war mein ja schon mehr als ausgewachsenes Herrchen nu wirklich nicht satt zu kriegen, worauf der Arme gleich noch 'ne Portion nachorderte, und das nicht zuletzt der Tatsache geschuldet, dass für den verwöhnten Hundegaumen auch noch ein wenig übrig bleiben sollte. Zusammen mit Frauchens Hälfte ihres Wiener Schnitzels, und alles vom Ober hübsch in ein kreatives Doggybag gehüllt, war auch mein Abend mehr als gerettet.

Was noch fehlte, war allerdings mein schon lange herbeigesehntes Wasser, welches leider weder die Dame aus Kamerun noch der gesprächige Ober bisher gebracht hatten. Dies war auch meiner Menschenmama nicht verborgen geblieben, denn sie machte sich auf, den Barmann an der gegenüberliegenden Hotelbar um einen Napf zu bitten, was leider auch nicht gleich gelang, denn dieser ließ erst mal das von zuvor gespülten Gläsern noch heiße Leitungswasser in die Schüssel laufen, was Frauchen sofort mit Fingerprobe beanstandete. Also das Ganze noch mal von vorne, aber bitte jetzt die kalte Version! Endlich konnte ich meine ausgetrocknete Hundezunge in das kühle Nass tauchen.

Auch an diesem Abend wurde mir wieder mal so richtig gewahr, was die gesamte Hotelbranche eint: Nirgendwo gibt es eine eigene Speisekarte für Vierbeiner, gäbe es eine solche, könnten meine Artgenossen vor den zugehörigen Menschen gefüttert werden, und hungrige Hundemägen bei Tische könnten so vermieden werden.

Das wäre wahrlich eine begrüßenswerte Innovation für reisende Hundehalter im Lande. Hier erschlösse sich eine wahre Marktlücke für die deutsche Hotellerie, insbesondere für jene, welche uns willkommen heißt, und Frau- wie Herrchen wären nicht genötigt, immer von ihrem Essen etwas für mich abzuzweigen.

Als hätte mein männlicher Begleiter Gedanken gelesen, schlug er die Idee unserem „Thomas Gottschalk der Kellner" vor, der diese Anregung allerdings nur als humorvolle Einlage eines Hotelgastes auffasste und sicherlich nicht im Traum daran dachte, diese allen Ernstes der stets für gute Vorschläge offenen Geschäftsleitung vorzutragen. Vielleicht hätte er damit ja Erfolg gehabt und sich einen weiteren Schritt auf der Karriereleiter geebnet, dachte ich.

Nach dem Genuss eines Zahnhygiene-Knochens für „hund" und zwei Kugeln Joghurteis nebst Waldfrüchten für „mensch" begaben wir uns auf einen letzten Gang an die frische Luft nach draußen, um auf einem schmalen Weg am Rande des großen Parkplatzes letzte „Geschäfte" zu erledigen.

Ziemlich müde zogen wir uns auf die komfortable Suite zurück und beschlossen diesen Reisetag.

Summa summarum ließe sich konstatieren: Zu allen Speiseräumen hatte ich uneingeschränkten Zugang, selbst der Frühstücksbereich am nächsten Morgen wäre mir nicht verwehrt gewesen, welchen ich allerdings nicht in Anspruch nahm, denn nach dem ersten Gassigang in der Früh wollte ich auf gar keinen Fall noch mal ins Hotel zurück, sondern sofort ins Auto.

Womöglich würden mich meine Leute hier in Göttingen zurücklassen, was allerdings bisher noch nie vorgekommen ist, doch „hund" kann ja nie wissen: „Vertrauen ist gut, doch Kontrolle ist besser", wie der alte Lenin bereits trefflich formulierte.

Kein Zweifel: Das Hotel „Relax In" ist Hunden und ihren Haltern wärmstens zu empfehlen.

Testurteil
Empfang: 🐾🐾🐾🐾🐾
Zimmerservice: 🐾🐾🐾🐾🐾
Info Gassiwege: 🐾🐾🐾🐾🐾
Zugang Restaurant: 🐾🐾🐾🐾🐾🐾
Zugang Frühstück: 🐾🐾🐾🐾🐾🐾
Barzugang: 🐾🐾🐾🐾🐾🐾
Hundebett: 🐾🐾🐾🐾🐾🐾
Leckerli: 🐾🐾🐾🐾🐾

„Die Erzengel-Sigmar-Gabriel-Rezeption"
(Hier arbeitete er als Nachtportier.)

Quadratisch praktisch

Herrlich frei laufen

Ganz außerordentliche Dimensionen!

Gassiwege empfehlenswert!

Parkplatz, so weit das Auge reicht

Im Rother

Als Logistester in Sachen Hundefreundlichkeit nächtigte ich mit Frauchen und Herrchen unlängst im Romantik-Hotel Rother am Rande von Nürnberg.

Auf der Website des Etablissements girierte sich das Domizil als in fünfter Generation geführtes Familienhotel mitten im Grünen.

Auf der Hotel-Website stellten sich die Protagonisten persönlich in den buntesten Bildern dar: Die Chefin des Hauses inmitten von dekorativen Tischarrangements herzerfrischend den Betrachter anlächelnd, der Ehemann in schwarz-weißkarierter Kochuniform in seiner Landhaus-Gourmet-Küche stehend, der Gärtner in dem wohl angrenzenden großen, baumumsäumten Garten, sein Jagdhund in der Schubkarre sitzend. Meine Leute und ich freuten uns schon auf die Begegnung mit den beiden. Auch There's, das fleißige Zimmermädchen, und Fred, der Hausmeister in seiner gut ausgerüsteten Werkstatt, wurden vom Webdesigner nicht vergessen.

Zum guten Schluss blickte die Seniorchefin weise an einem rustikalen Tische sitzend und Hopfendolden sortierend würdig in die Kamera.

Auf Anhieb imponierte uns dreien die Herberge, schien sie doch gute Küche und ein gescheites Zimmer, natürlich mit Couch für den Vierbeiner und Auslauf in Wald und Flur, zu gewährleisten.

Voller Vorfreude starteten wir in der Frühe vom Millstättersee aus in Richtung Dürerstadt.

Nach etwa viereinhalb Stunden zügiger Autobahnfahrt wurden wir von unserem Navi direkt zum Hotel gelotst, wobei Herrchen erst mal vor dem Lieferanteneingang parkte und das im Hof Mittagspause machende, nichts ahnende Küchenpersonal aufschreckte.

Frauchen: „Ich glaube, wir sind hier falsch, wo befindet sich denn der Hoteleingang?", befragte sie einen Azubi aus der Küchenbrigade. „Gleich rechts um die Ecke", schickte uns der trotz sengender Sommerhitze noch freundlich lächelnde Junge zum nebenan liegenden schattigen Parkplatz der Herberge.

Den alten Jeep unter eine schattige Linde geparkt schritten wir erwartungsfroh zur Rezeption, wo uns Frau Lisa Palmgarten mit fränkischem Zungenschlag empfing. Unaufgefordert wurde mir sogleich ein großer Napf mit frisch gefülltem kühlen Wassers gereicht, welchen ich genussvoll leerte. Prima, dachte ich, dafür gibt es sechs Pfoten, die höchste Punktzahl für den Empfang.

Nach Erledigung der Formalitäten suchten wir unser Zimmer im vis-à-vis liegenden rosafarbenen Hotelneubau auf. Oh weh, dachte ich: Die Räumlichkeiten sind gar nicht klimatisiert, lediglich der auf dem Boden stehende „Miefquirl" soll die heiße Sommerluft in Bewegung bringen, und in diesem Doppelbett in Kindergröße sollen meine Leute schlafen??? Na ja, wenigstens erblicke ich in der hinteren, durch eine Abseite verdeckten Zimmerecke das bestellte Zweiersofa, um dort mein müdes Hundehaupt auf der stets von „Mama" mitgeführten Doggydecke zu betten.

Dafür war das vom Zimmer abgetrennte Bad „pomfortionös": Zwei gegenüberliegende Waschbecken, eine inmitten des Raumes stehende gemauerte Badewanne und die separate ebenerdige Duschkabine schienen angesichts der eingeschränkten Raumverhältnisse ein wenig überdimensioniert. Besser wäre gewesen, das Zimmer zulasten des Bades zu vergrößern.

Und was für mich am wichtigsten war: Wo stehen mein Wassernapf, mein Fressnapf, meine Begrüßungsleckerli? Nichts dergleichen! Hierfür gibt es keine Pfote.

Wofür zahle ich hier eigentlich 5 Euro Logis?, kam es mir in den Sinn ...

Was solls, dachte ich, lasst uns erst mal die Pfoten in der auf der Website angepriesenen Natur rund um das Hotel erkunden. Nach der langen Fahrt benötigte ich dringend freien Auslauf. Also fragte Herrchen die junge nette Dame, die mir zuvor das Wasser gereicht hatte, nach einem schönen Waldweg in Hotelnähe.

„Am besten, Sie gehen die betonierte Nebenstraße zum Friedhof, überqueren nach ca. 500 m die Bundesstraße und gelangen in den dahinterliegenden Park", zerstörte sie unsere Vorstellung von einer in die Natur eingebetteten Herberge ... Hier sah man mal wieder, wie im Internet Illusionen von „mitten im Grünen" suggeriert werden, die der Wirklichkeit nicht standhalten: Leider kann ich hier keine von möglichen vier Pfoten vergeben!

Mangels Alternative folgten wir dem Rat der Rezeptionistin und absolvierten unseren Gassigang hinüber zum Friedhof, über die Bundesstraße in den Park, leider ging das nur „online", was mir mehr als missfiel, denn ich bin ein begeisterter Freiläufer, meine Leute vertrauen mir hier zu hundert Prozent, und ich enttäusche sie auch nicht, bleibe stets in „gedachter" Ziehleinenentfernung.

Na ja, wenigsten konnte ich intensiv das Nürnberger Abendblatt lesen: Tausend fremde Hundepipispuren stiegen in meine Nase. Frauchen und Herrchen waren schon etwas genervt, da es kein Weiterkommen mit mir gab.

Außerdem „schossen" ständig Radfahrer von vorne und hinten an uns vorbei, was ein gefahrloses Freilaufen unmöglich erscheinen ließ. Nach einem kleinen Nickerchen freuten wir uns auf das Abendessen im historischen Gasthaus neben dem Hotel: ich mich auf meinen Bambi-Futtersack, den Frauchen stets mit „Platinum to go", zwei bis drei getrockneten Hühnerfiletstreifen und einem kleinen Kauknochen anfüllt, soweit wir außer Haus speisen.

Meine Leute auf ein Gourmet-Dinner, von dem ich immer etwas abbekomme, soweit es Fleisch beinhaltet, selbstverständlich niemals vom Tische, sondern meist einen Tag später, gut verpackt und klein geschnitten im Alufolien-Doggybag.

Leider wurde im idyllischen „Nussbaum-Gastgarten" wegen Gewittergefahr nicht serviert, und wir wurden von einem ausgesucht höflichen Oberkellner in ein rustikal mit dunklen, flaschengrün-bleiverglasten kleinen Fenstern bestücktes Gastzimmer verfrachtet, welches keinerlei Blick nach draußen gestattete.

Der längst verblichene Seniorchef lächelte trachtenbekleidet jovial vom Foto an der Wand. Irgendwie fühlten wir uns neben einem alten Holzherd sitzend auf eine Zeitreise in die Siebzigerjahre des vergangenen Jahrhunderts versetzt.

Nachdem uns der, wie mir jetzt schien, ein wenig unnatürlich freundliche Oberkellner aufklärte, welche Speisen auf der Karte alle aus wären, entschieden sich meine Leute für ein Stück vom Charolaisrind mit Grillgemüse und Rosmarinkartoffeln.

Das „Amüsiergirl" bestand aus geeisten Tomaten mit einem Dipp. Herrchen fand das nicht so doll, er mochte kein „Tomateneis". Auch Frauchen war „not amused". Irgendwie komisch, dass keinerlei weitere Gäste den Raum aufsuchten. Ein Pärchen schaute nur kurz von der Türschwelle zu uns herein, wobei die Frau das altfränkische Gastzimmer abscheulich fand und dies dem furchtbar freundlichen, mit seinen Gummisohlen bei jedem Schritt entsetzlich quietschenden Oberkellner auch ohne Umschweife zu verstehen gab.

Das Charolaisfilet tranchierte „Quietschi" gekonnt vor unseren Augen, mir lief das Wasser bereits um die Lefzen, und ich freute mich schon auf meinen Anteil!

Das Grillgemüse entpuppte sich leider als Ansammlung von angekokelten Tomaten, Zwiebeln und, igitt, Auberginenstückchen, welche Frauchen nicht ausstehen konnte. Allerdings verdiente der Bocksbeutel-Silvaner eines Winzers namens Wirsching aus Iphofen den vollen Respekt meiner Eltern.

Als wir uns nach Mangosorbet und Beerenensemble vom Tisch erhoben, staunten wir drei nicht schlecht, dass im „Nussbaum-Gastgarten" jetzt auf einmal doch serviert wurde und sich dort bereits einige Gäste den lauen Sommerabendwind um die Nase wehen ließen.

Das ist ja ein starkes Stück, dachten wir. Uns sperrt man in ein rustikales Verlies, und die dürfen schön draußen hocken, wo ich mich doch derart gerne in Gärten aufhalte und nach allem Ausschau halte, was da an Getier so kreucht und fleucht: Feldmäuse, Käfer, freche, über mich fliegende Schwarzamseln und hoffentlich keine Katzen, die kann ich ja nun so gar nicht leiden …

Nach einem kurzen letzten Gassigang betteten wir unser müdes Haupt im viel zu warmen Zimmer, und meine Leute kriegten fast kein Auge zu, weil im gegenüberliegenden „Nussbaum-Gastgarten" bis spät in die Nacht geplaudert wurde … Kurz bevor ich einschlief, dachte ich noch, dass von der Promenadenmischung des Gärtners in seiner Schubkarre sitzend weit und breit keine Spur zu riechen und zu sehen war.

Nach dem morgendlich reichhaltigen Frühstück, wo auch ich „zugelassen" war, traten wir den Rest unserer Heimreise an.

Leider wird es wohl keinen weiteren Aufenthalt im Hotel Rother geben. Also sind wir weiter auf der Suche nach einem Hotel, wo ich alle sechs Pfoten vergeben kann.

Testergebnis
Empfang: 🐾🐾🐾🐾🐾🐾
Zimmerservice: 0 Pfoten
Info Gassiwege: 0 Pfoten
Zugang Restaurant: 🐾🐾🐾🐾🐾🐾
Zugang Frühstück: 🐾🐾🐾 (nur auf der Terrasse)
Barzugang: keine Bar vorhanden: 0 Pfoten
Hundebett: 🐾🐾🐾🐾🐾 (ein bequemes Sofa; Hundelogis 5€ – wirklich preiswert!)

Aussicht könnte besser sein!

Autohund

Hunde im Gasthaus willkommen!

Unser Zimmer: 2. OG links

Ausblick vom Zimmer

Gastgarten heute für uns geschlossen!

Wie kommt Kuh ... aufs Dach?

Im Schelmenhof

Als Logistester in Sachen Hundefreundlichkeit nächtigte ich mit Frauchen und Herrchen ein Wochenende im „Gut Schelmenhof", ein Hotel-Restaurant in einem der schönsten Gegenden des Bayerischen Waldes, ach was sage ich, es liegt ohne Zweifel im schönsten Flecken, den der „Bayernwald" dem Erholungssuchenden sicherlich zu bieten imstande ist.

Nach moderaten dreieinhalb Stunden Fahrt von Frankfurt kommend erreichten wir das im Weiler Rettenbach seit 1630 angesiedelte Gut.

Ein Gut, wie es im „Buch der Güter" nicht schöner beschrieben sein könnte. Inmitten des Weilers Rettenbach, der einem alten Heimatfilm entsprungen schien, begrüßten uns das historische Gebäude, drei weitere Bauernhöfe, die Feuerwache sowie eine Kapelle mit den Ahnen des Gutes, welche auf hölzernen Grabmalen an deren Außenfassade verewigt waren.

Allein die großflächigen Fotovoltaikflächen auf den Dächern der Häuser zeugten von den Errungenschaften der Neuzeit.

Wie es mein Herrchen üblicherweise zu tun pflegt, hatte „es" mich bereits bei der Buchungsanfrage namentlich als besonders gut erzogenen Deutsch Langhaar mit gepflegten Umgangsformen beschrieben, was vom Hoteldirektor auch wohlwollend zur Kenntnis genommen wurde.

Wie stets nach der Anreise ließen wir das historische Würde ausstrahlende Gutsgebäude links liegen und strebten mit raumgreifenden Schritten in einen von saftigen Wiesen umrahmten Wanderweg, um die frische Luft in immerhin rund 700 Höhenmeter tief einzuatmen und unsere ein wenig eingerosteten Gelenke zu bewegen.

Freilaufend durfte ich hier schon mal Gas geben, und das gerade gemähte, herrlich duftende Gras umpflügen, mich auf dem Rücken „schubbern" und wohlige Grummelgeräusche ausstoßen.

Aber genug, unserem leeren Magen folgend näherten wir uns nun dem Hotel über den sehr gepflegten Rasen, die weitausladende Terrasse, den steinernen, plätschernden Brunnen passierend. Leider war der Beckenrand zu hoch, um einen labenden Schluck daraus zu nehmen.

Ein gepflegter jüngerer Rezeptionist empfing uns hinter seinem mächtigen Schalter in einem moderaten, bayerisch durchfärbten Hochdeutsch und mit einem Selbstbewusstsein, welches von einer bereits langjährigen Tätigkeit im Hotelfach kündete.

Was meine „Vierbeinigkeit" betraf, so schenkte er mir keine besondere Aufmerksamkeit, keinen Streichler, keinen Begrüßungscocktail: H_2O oder dergleichen, sondern geleitete uns ohne Umschweife in ein hinter dem eigentlichen Hotelgebäude gelegenes Gelass auf der Nordseite.

Frau- und Herrchen bereits mit den ersten Hundeutensilien wie Reisebett, Futter- und Leckerli-Equipment „bewaffnet", folgten wir dem Herrn in unser Zweibettzimmer „Juniorsuite Loderwinkl" mit Bad/WC zum Preis von 170 Euro für drei Nächte, inkl. Landfrühstücksbuffet, so die Formulierung der Buchungsbestätigung.

Ich brauche dem geneigten Leser nicht zu verdeutlichen, dass es mich nach dem unerreichbaren „Brunnen vor dem Tore" und dem „trockenen Empfang" in der Hotellobby extrem dürstete, meine Kehle fühlte sich an wie ein seit Langem ausgetrockneter Gebirgsbach. Aber leider auch hier: Fehlanzeige!! Weder ein Wasser noch ein Fressnapf warteten auf der lediglich mit einem traurig mich anblickenden Leckerli bestückten Plastikunterlage mit der Aufschrift: „Dog's Diner". Schreibt man „Diner" nicht mit zwei n?, fragte ich mich.

Mein Herrchen, in seiner typischen „Hotel-Ankommenseuphorie", gab dem Rezeptionisten trotz des für mich doch sehr entbehrungsreichen Empfanges einen allzu warmen Händedruck, wie mir schien, während Frauli unverzüglich das Badezimmer stürmte, um mit einer beherzten Drehbewegung herrlich kühlen „Bayerisch-Wald-Wassers" in das Bidet einlaufen zu lassen. Endlich konnte ich meine lechzende Hundekehle mit meinem absoluten Lieblingsgetränk befeuchten.

Bei näherem Hinsehen bestand unser als „Juniorsuite" angepriesenes Zimmer aus dem Ambiente der ausgehenden 1970er-Jahre des vergangenen Jahrhunderts: hellbraun lackierte Schrankgebirge und Kommoden, zwei abgesessene Sofas, deren einstige Stoffmuster sich im Laufe der Jahrzehnte verflüchtigt hatten. Schnell warf Frauchen die mitgebrachten hübschen Decken darüber, um es mir ein wenig wohnlicher zu gestalten.

Wie es dem Leser ja längst nicht verborgen geblieben ist, benötige auch ich schließlich eine anständige erhöhte Schlaf- und Ruhestatt, denn welcher Hund liegt schon gerne ausschließlich auf dem harten Boden?

Auch ein auf der Rückseite der Minibar eingelassenes Radio mit abhandengekommener Einschalttaste und vergilbter Oberfläche zeugte von einer Unterkunft, deren Inventar schon lange abgeschrieben, aber gerade recht erschien, mit der Beherbergung von Hundebesitzern doch noch hübsche Einnahmen zu generieren.

Allein die direkt an das Zimmer angrenzende Terrasse mit weiterer Rasenfläche schien uns um Entschuldigung bitten zu wollen, für eine doch ohne Umschweife als despektierlich zu bezeichnende Unterkunft.

Aber was soll man machen, nicht zum ersten Mal! So fügten wir uns auch bei diesem Aufenthalt in unser Schicksal und ließen die langen Ohren nicht hängen.

Jetzt hieß es: erst mal eine Stärkung zu uns nehmen. Für mich den mit Palladium, getrockneten Hühnerstreifen, Kaustange und Zahnputzstick bestückten Futtersack mitführend, strebten wir mit „hungrigen Schritten" in Richtung der urgemütlichen altbayerischen, an das historische Gewölbe von 1864 angrenzenden Gaststube.

Während ich mich über mein Mittagsmenü hermachte, genossen meine Leute einen urigen Leberkas mit Spiegelei und Salatgarnitur, begleitet von einem süffigen Klosterbier. Natürlich begrüßte ich einen weiß behaarten Wollknäuelhund, der unter dem Tisch seiner Menschen ständig versuchte, in meine Richtung zu robben. Nicht mal in Ruhe essen kann man hier, resümierte ich.

Nach einer gepflegten „Zimmerstunde" mit gemütlichem Auspacken starteten wir zu einer ausgiebigen Wanderung vorbei am Wildgehege bergan durch den Wald in Richtung St. Englmar, einem äußerst beliebten Ferienort mit dreizehn Schleppliften und 100 km Langlaufloipen für die Wintersaison.

Lustig ins Tal plätschernde Bäche vom ca. 1000 m hohen Hirschenstein kommend kreuzten unseren Weg und boten immer wieder Gelegenheit für spontane Pfotenkühlung verbunden mit einen Drink.

Nach einem gut und gerne Eineinhalb-Stunden-Walk kehrten wir drei in unsere Unterkunft zurück und freuten uns auf ein leckeres Abendmahl, nachdem Frauchen mein Fell gründlich nach diesen widerlichen Dracula-Zecken, durchsucht und sich selber hübsch gemacht hatte. Herrchen haben wir auch so in die schon vom Mittag bekannte Gaststube mitgenommen.

„Entrecote vom heimischen Rind mit frischem Marktgemüse zuzüglich delikater Beilage in Form von „neuen Erdäpfeln", wäre das nichts nach einer anstrengenden Wanderung? So wie ich insbesondere mein Frauli kannte, würde sie ihre Fleischportion brüderlich mit ihrem Hund teilen, natürlich nicht vom Tisch, sondern in einem Doggybag verpackt am nächsten Abend in kleinen Stücken von Herrchens Hand gereicht.

Da konnte die „arme Holli" leider nicht mithalten, die junge Hovarwarthündin, welche mit ihren Leuten aus Oberviechtach auf einen Wochenendausflug angereist war. In ihrem jugendlichen Übereifer wollte sie doch glatt die Sitzbank in der Wirtsstube erklimmen, was ihr Frauchen gerade noch zu verhindern wusste, während ich bereits gemütlich ausgestreckt unter dem weit ausladenden Tisch meinen Leuten zu Füßen lag.

Ansonsten spielten wir beiden höchst vergnügt so manche Runde, beim Morgengang auf der das Hotel einrahmenden weitausladenden Wiese.

Im Galopp durch die vom Bauern gerade ordentlich zusammengerechten Grasschlangen, dass die Halme nur so auseinanderflogen, und jetzt auf dem Rücken liegen und mit wollüstigen Lauten hin und her schubbern: „Ach, ist das ein herrliches Hundeleben!

Und nun hinunter zum plätschernden Gebirgsbach, die Pfoten und den Bauch kühlen, natürlich nicht ganz hineintauchen, das überlasse ich lieber den Labbies und Konsorten, diesen ausgesprochenen Schwimmhunden, die einem allenthalben begegnen. Ich bevorzuge es, das nasse Element ausschließlich als Getränk und zur Kühlung meines Mütchens zu genießen.

So, und jetzt ruhe ich mich ein wenig im Schatten der mächtigen Trauerweide aus, die in der Nähe des Baches steht, und ich habe jetzt nicht die geringste Lust, mit Frauchen schon wieder ins Hotelzimmer zu traben, wo es hier gerade so schön ist.

Als sie mich mit guten Worten und einem dezenten Zug am Halsband wegzulotsen gedenkt, ziehe ich erst mal den „Kopf aus der Schlinge" und lasse Frauchen Frauchen sein.

Als sie mir aber klarmacht, dass sie jetzt ohne mich zurück zu Herrchen geht, komme ich natürlich ohne Umschweife hinterher: überredet!

Mein Herrchen, welches gerade von seiner morgendlichen Walkingrunde zurück war, begrüßte ich natürlich überschwänglich, als hätte ich es schon ein halbes Jahr nicht mehr zu Gesicht bekommen, wie es sich für einen anständigen Hund eben gehört.

Diese übergroße schweifwedelnde Freude konnte auch der unappetitliche Raucher-Auswurfhusten eines Gott sei Dank uns unbekannten Zimmernachbarn nicht trüben, dessen Ehefrau wohl verabsäumt hatte, ihrem Angetrauten die geringsten Manieren beizubringen …

Jetzt wäre ein ordentliches Frühstück nicht zu verachten, dachte ich, und geschwind begaben wir uns in Richtung Gastronomie.

Hier empfing uns Herr Leopold, der vielseitige Restaurantleiter, ein Mann im besten Alter mit einer Ausstrahlung, welche signalisierte: „Leute, ich bin ein alter Hase und habe alles im Griff." Abends dirigierte er seine Untergebenen virtuos im Gewölberestaurant, machte die Honneurs bei dem einen oder anderen Gast, wobei er keine Unterschiede kannte, ob es sich um einen Stammgast oder eine „Eintagsfliege" handelte.

Selbst für das Eier- und Speckbraten in der morgendlichen Frühstücksküche war er sich nicht zu schade.

Auch uns dirigierte er … in die dem Leser bereits bekannte altbayerische Gaststube. Denn nur hier durften die Hundeleute frühstücken und auch die weiteren Mahlzeiten des Tages zu sich nehmen. Am zweiten Abend waren wir allerdings auch hier nicht erwünscht, weil irgendeine Geburtstagsfeier mit geschlossener Gesellschaft stattfand.

Na, das fängt ja schon wieder gut an, warf ich Frau- und Herrchen einen vielsagenden Hundeblick umrahmt von hängenden Ohren zu!

„Aber Sie können heute Abend gerne im Kaminzimmer zu Abend essen", schlug uns Herr Leopold, stets bemüht, alle Gäste zufriedenzustellen, vor, was wir, gedenk der Dunkel- und Abgeschiedenheit dieser Räumlichkeit, dankend ablehnten.

„Wie wär's, wenn wir nach unserem Abendgang im Landgasthof ‚Zum Hirschenstein' dinierten, der sich unweit des

Schelmenhofes an der Landstraße in Richtung St. Englmar befindet?", fragte uns Herrchen. Noch ein wenig von Herrn Leopolds Kaminzimmer-Vorschlag angesäuert, stimmten Frauchen und Hund erleichtert zu.

Wir sollten es nicht bereuen. Wie sich herausstellte, hatte der junge Koch die Sternegastronomie durchlaufen und sich einen ebensolchen erkocht. Patricia, die zuvorkommende Servicekraft und Dame des Hauses, begrüßte mich mit ausgesuchter Freundlichkeit und einem delikaten Leckerli.

Dem Sternerestaurant gebührend kredenzte mir Frauchen ein gut angefülltes Futterbambi mit Gourmetfutter, getrocknete Entenstreifen, garniert mit einem Dentalstick zur Zahnpflege, und als krönenden Abschluss ein kleines Kauknöchelchen.

Meine Menschen genossen ein leichtes Menü mit Spargelcremesüppchen und Vitello tonnato an kleiner Salatgarnitur, dazu ein Radler für Frauchen und ein Weißbier für Herrchen.

Weil der lustige, mit lauter jungen Damen besetzte Nebentisch sich ganz lieb nach mir erkundigte und mich eine Runde kraulte, spendierten wir ihnen eine Flasche Prosecco.

Zurück im Hotel verbrachten wir den Rest des Abends nach einem kurzen Pipigang gemütlich auf dem Zimmer, ich auf dem Sofa, meine Leute vor dem Fernseher. Nur Herrchen brach nochmals kurz auf, um sich an der Bar sein Abendbier zu holen.

Zu seinem Leidwesen hatten die Hotelbetreiber die Bar vor einiger Zeit zugunsten eines gläsernen „Weinzimmers" geopfert. Als Herrchen gerade unverrichteter Dinge enttäuscht wieder ins Zimmer gehen wollte, traf er Heinz Vierziger, der immer noch dienstbeflissen die letzten Restaurantgäste „abservierte". Von der Last seiner Jahrzehnte andauernden Kellnertätigkeit gebeugt, schwebte Vierziger trotzdem leichtfüßig von Tisch zu Tisch durch die Weite des Gewölberestaurants, als er meinem biersuchenden Herrn begegnete. In seiner leicht zum Devoten neigenden Art hatte er für jeden Gast ein freundliches Wort parat: Haben die Herrschaften wohl gespeist? Na, sind wir heute fleißig gewandert? Mag der Enkerl wieder das Pumuckl-Schnitzel mit Pommes und Ketchup?

Als Herrchen sein Bier von ihm in Empfang nahm, verfinsterte sich zunehmend das Gesicht des Obers: „Ein Wetter zieht auf, mein Herr, morgen wird es leider gewittern und regnen, hoffentlich haben Sie heute noch die letzten sonnigen Stunden genossen?"

Natürlich regnete es am folgenden Tag keinen Tropfen, der Himmel war zwar von Wolken bedeckt, aber ich liebe es ja, bei kühleren Temperaturen Gassi und der glühenden Sonne aus dem Wege zu gehen.

Schnell in Panik geriet Heinz Vierziger, wenn das Essen für einen Tisch zu servieren, ein anderer abzuräumen war und auch noch ein weiterer Gast zahlen wollte. So auch bei uns am nächsten Abend auf der Terrasse. Herrchen musste ihm bis in das Lokal hinterherlaufen, um die Rechnung endlich begleichen zu „dürfen".

Da war Frau Karl ganz anders, immer ausgeglichen, ein Lächeln auf den Lippen, auch eine Busladung Gäste aus Holland konnte sie nicht aus dem Gleichgewicht bringen. „Lieber so, als dass wir uns die Füße in den Bauch stehen", war ihr gelebter Leitspruch. Schon gut und gerne zwei Dekaden schuftete sie hier im Hause ohne Murren und Knurren.

Sie schien mit ihrem Beruf verwachsen, und wie mein Frauchen konnte sie mehrere Dinge gleichzeitig tun, anders als die Herren der Schöpfung, dem Multitasking eher nicht mächtig.

Als hotelerfahrener Hund kann ich das Gut Schelmenhof bezüglich der Lage direkt in der Natur mit seinen weitläufigen Wanderwegen und Bachläufen wärmstens empfehlen, wenn „mensch" bereit ist, bei der Qualität der Unterkunft und der Zugänglichkeit der Restaurationsräume einige Abstriche hinzunehmen. Die Logiskosten von 15 Euro pro Hund und Nacht sind nicht günstig, jedoch angemessen.

Für Erstbesucher an der Rezeption zum Teil kostenlos erhältlich sind:
- Der kleine Wegweiser
- Hotelprospekt
- Schelmens Morgenpost
- Kurzinfos über das Haus
- Wanderkarte St. Englmar (gebührenpflichtig)

Testurteil
Empfang: 0 Pfoten
Zimmerservice: 🐾
Info Gassiwege: 🐾🐾🐾🐾🐾
Zugang Restaurant: 🐾🐾🐾
Zugang Frühstück: 🐾🐾🐾🐾
Barzugang: dieselbe einem Weinshop geopfert: 0 Pfoten
Hundebett: 0 Pfoten
Leckerli: 🐾

BAYERISCHER BAUERNVERBAND

Das Bauerngeschlecht

FELDMER
SCHMELMER

in Rettenbach 07, Gde. Englmar, Lkr. Bogen/Ndb.

ist laut amtlichen Nachweises seit mindestens
1664 in ununterbrochenem Besitz
des angestammten Hofes.
Unterm Heutigen wurde dieses Geschlecht in die
Altbesitz-Matrikel
des Bayerischen Bauernstandes
eingetragen und ihm in Anerkennung der
vorbildlichen Treue zur Heimatscholle diese

URKUNDE

verliehen.

Möge die Jugend mit gleicher Treue an der
ererbten Scholle festhalten u. Gottes Segen
auch in Zukunft über dem Geschlecht walten.

München, den 17.4.64   Der Erste Präsident:

Hier bin ich Hund, hier darf ich sein!

„Gmahte Wiesn" vor dem Schelmenhof

Mitten im Grünen

Auch ich bin hier herzlich willkommen!

Im „Sur la Mer"

Als Logitester in Sachen Hundefreundlichkeit weilte ich unlängst mit Frau- und Herrchen im Grandhotel „Sur la Mer" in Westerland auf Sylt.

Schon seit vielen Jahren träumten meine „Eltern" davon, einmal im „Sur la Mer", welches von seinem Gründer Fritz Dusse dem Miramare-Lustschloss des österreichischen Erzherzogs Maximilian an der Adria nachempfunden wurde, zu nächtigen.

Mit Fug und Recht lässt sich das „Sur la Mer", zu Deutsch: am Meer, mit seinen siebzig Zimmern und Suiten als Fünf-Sterne-Grandhotel in exponiertester Strandlage der Inselhauptstadt Westerland bezeichnen.

Schon das Entre mit seinen Mosaiksteinböden, aufwendig verzierten Holzeinbauten, hohen Stuckdecken und exquisiten Jugendstillampen nebst Kristalllüstern in der Hotellobby atmete die über hundertjährige Geschichte des „Logierhauses", wie es sein Erbauer Anfang des 20. Jahrhunderts allzu bescheiden bezeichnete. Weiter schweifte der Blick in die elegante Cocktailbar, welche mit gemütlichen Klubsesseln und einer horizontal im hinteren Ende auf einer Empore angeordneten Theke sowie großartigen Buntglastüren und Innenfenstern ausgestattet war.

Die einstmals vorhandene gläserne Deckenkuppel wurde von den heutigen Inhabern leider durch drahtdurchwobene Glaselemente ersetzt, was den ansonsten historisch anmutigen Gesamteindruck ein wenig trübte.

Froh, dem klirrend kalten Januar-Ostwind entflohen, wärmten wir uns ein wenig in der Lobby auf, wo eine zuvorkommende junge Dame sich der obligatorischen Gästepersonalien bemächtigte.

Zu meinem Bedauern schien sich die Rezeptionistin nicht sonderlich für meine Wenigkeit zu interessieren, zu sehr war sie eindimensional mit der Abfolge ihrer Empfangsroutine beschäftigt: Kein auch noch so bescheidenes Leckerli oder eine Schale kühlen Wassers, ganz zu schweigen von einer lieben Begrüßung wurden meinem Hundemagen, meiner Hundekehle oder meiner Hundeseele zuteil.

Diesen Kummer nicht ungewohnt folgten wir drei der gerade erwähnten Dame in den im Vergleich zu dem altehrwürdigen Hotel nicht ganz so historischen Fahrstuhl, welcher uns vertikal in die erst im Jahre 1989 aufgestockte vierte Etage beförderte. Jetzt noch einige Schritte über den mit hochflorigen, jeden Tritt absorbierenden Teppichboden bedeckten Flur, und uns empfing ein großzügiges, mit feinstem Interieur ausgestattetes Zimmer zuzüglich eines grandiosen Weitblickes über Kurpromenade, Strand und die Unendlichkeit des Meeres: „Sur la Mer", der Blick bis zum Wellenhorizont schien der Namensgebung ohne Übertreibung alle Ehre zu machen. Nur die begrenzte Reichweite des Auges oder das Naturgesetz der Erdkrümmung wies die Reichweite des Betrachters in seine Grenzen.

Auch ich konnte diesen grandiosen Ausblick vom Sofa aus mit den Vorderbeinen auf die Fensterbank gestützt in vollen Zügen genießen, und ich will nicht verhehlen, dass mein Interesse nicht zuletzt meinen Artgenossen galt, die sich am Flutsaum des Strandes tummelten.

Natürlich hatte Frauchen vor meiner Sofabesteigung die bei solchen Aufenthalten stets mitgeführte saubere Hundedecke ausgebreitet. Schließlich braucht „hund" ja eine bequeme sowie erhöhte Schlafstatt, um des Nachts eben mal hier oder „down under" auf dem ebenfalls von zu Hause mitgebrachten Hundebett zu ruhen.

Aber auch auf dem Zimmer musste ich leider bemängeln, dass es sowohl an einem Wasser- als auch an einem Fressnapf mangelte, und dies, wo ich von Frauchen bei der Buchung doch ganz regulär als gut erzogener, einem Hause dieser Kategorie geziemender Vierbeiner avisiert wurde.

Herrchen, diesem Missstande unverzüglich gewahr, eilte sogleich zur Concierge, um vorgenanntes Equipment in Empfang zu nehmen, wurde jedoch an den Etagenservice, eine durchaus ansehnliche Afrikanerin in blendend weißer Schürze und mit rabenschwarzem, zu einem Dutt zusammengebundenen Haar verwiesen, welche auch geschwind alles Nötige ohne Zögern bereitstellte.

Von der doch strapaziösen Anreise erst mal stärken, dachte ich und löffelte den riesigen Wassernapf geschwind mit der Zunge aus.

Diese Reisetätigkeit, die mich immer wieder mit meinen Leuten von Nord nach Süd und vom Süden in den Norden Deutschlands und des benachbarten Auslandes führt, erschöpfte mich auch jetzt wieder sehr: Die Konzentration auf den Straßenverkehr, die ich mit dem Frauchen und mich chauffierenden Herrchen teile, die vielen fremden Gerüche auf den Grünflächen der Raststätten, welche meine Kumpels dort hinterlassen, kurz, einfach die mannigfaltigen Eindrücke, die sich mir auf der Reise bieten, regen mich in dem Maße auf wie sie mich gleichzeitig ermüden.

Aber an Ausruhen kurz nach der Ankunft war jetzt nicht zu denken, denn es schlug bereits 15:00 Uhr von den Glocken der St. Nikolaikirche, ein Gassigang mit Freilauf bei Tageslicht wäre nur noch unverzüglich möglich. Also, auf zum Hundeauslaufgelände nahe dem Inselflugplatz, welches mir von früheren Besuchen hinlänglich bekannt war.

Hier erwarteten mich stets eine Reihe von „Inselhunden" auf der eingezäunten, für uns Vierbeiner extra eingerichteten Wiese.

Nach stürmischem Hallo auf Hundeart, mit dem Schweif wedeln, am Hinterteil schnuppern und eine Runde rennen und ordentliche Duftnoten hinterlassend verließen wir die

Wiese zu einem ausgedehnten Spaziergang durch die Heidelandschaften in Richtung Wenningstedt.

Die uns begegnenden, ebenfalls meist „offline" laufenden Vierbeiner nebst deren Frauchen und Herrchen waren in der Regel wunderbar entspannt, Erstere immer zu einer kleinen „Rallyerunde" aufgelegt. Sicherlich liegt dies an der wohltuenden Nordseeluft, die bei allen Wesen ein heiteres Gemüt zu erzeugen schien, dachte ich. Da gab es keinen Unterschied, ob ein fideler Mops im Paletot, ein hyperaktiver Labradudel oder ein sabbernder Boxer unseren Weg kreuzte; der geneigte Leser mag mir verzeihen, dass ich mich außerstande fühle, alle Artgenossen aufzuzählen, die mir an diesem Nachmittag begegneten: Zu viele sind es gewesen!

Nach einer guten Stunde, vom immer noch kräftigen Ostwinden durchgeweht, kehrten wir zurück ins „Sur la Mer", welches stolz und imposant auf der Westerländer Düne thronte und im Laufe seiner Geschichte wohl so mancher Sturmflut getrotzt hatte. Im Frühjahr des Jahres 1906 fiel es fast den Unbillen der Naturgewalten anheim:

Bis auf zwölf Meter war die Vordüne des Hotels von Wellenbrechern weggespült worden, wodurch der Westflügel des Gebäudes abzustürzen drohte (vgl. 100 Jahre „Sur la Mer", im Hotel erhältliche Jubiläumsschrift, S. 29).

Die städtischen Grundstücksverkäufer hatten den ahnungslosen Berliner Erbauer des Hotels seinerzeit nicht über die zerstörerische Kraft von Sturmfluten aufgeklärt (S. 17). Vermutlich hielten sich die Intentionen der Sylter, Baugründe an den Mann zu bringen, als auch der unabdingbare Wunsch Herrn Dusses, sein Logierhaus genau an dieser exponierten Stelle zu bauen die Waage.

Im wahrsten Sinne des Wortes ward die Herberge auf Sand gebaut.

Frauchen, Herrchen und ich, wir schauten uns an und einigten uns wortlos auf ein kleines Nickerchen in den gemütlichen Betten, unsereins natürlich auf dem eigenen. Den ersten Tag im Hotel ließen wir bei einem Imbiss in der nach Tabakrauch „duftenden" Bar ausklingen, denn leider war „hund" der Besuch im Gourmetrestaurant verwehrt, was Frau- und Herrchen sehr missfiel. Denn ich pflege stets nur ruhig unter dem Tisch zu ruhen, gebe keinen Muckser von mir. Nicht selten wunderten sich Gäste, dass ich überhaupt den ganzen Abend dabei war, als wir das Lokal verließen.

Mein „Abendmahl" hatte ich bereits auf dem Zimmer eingenommen.

Das Inhaberehepaar hielt sich auch gerade in der Bar auf und pflegte mit Stammgästen eine vertraut angeregte Konversation. Leider stellten sie sich uns nicht persönlich vor, sodass wir nur vermuten konnten, dass es sich, aufgrund deren hoheitsvollen Verhaltens und der Aura, welche sie ausstrahlten, um die Eigentümerfamilie handeln musste.

Hatte Frauchen bei der Zimmerbuchung etwa verabsäumt, die Zusatzleistung „Konversation mit der Inhaberfamilie" zu buchen?, dachte ich.

Beim Studium der Website des Hotels konnte ich einen derartigen Service nicht ausmachen.

Vom sanften Ton der bei Ostwind stets ruhig am Strande auslaufenden Wellen ließen wir uns nach einem langen Tage in den Schlaf wiegen.

Der nächste Morgen weckte uns mit würziger Seeluft, die das Zimmer beim Lüften durchströmte. Leider durfte ich Frauchen und Herrchen nicht zum Frühstück begleiten und „wartete" auf dem Zimmer. Jetzt war mir mal alles egal, und ich haute mich mit meiner ganzen Länge in Mamas Bett! Gemach, gemach, lieber Leser und verehrter Hotelchef: Da mich meine Leute schon länger kennen, hatten sie selbstverständlich eine riesige Wolldecke über das Menschenbett ausgebreitet. Alles gut!

So, jetzt aber: Vamos a la playa!

Mama, Papa und ikke, das Schild mit der Aufschrift „Hunde am Strand verboten" ignorierend, rannten mit weit ausholenden

Schritten hinunter zum Wasser, welches mit seinen sechs Grad plus heute um acht Grad wärmer war als die Lufttemperatur. Fröstelnd durchzuckte es meinen Hundekörper, als ich daran dachte, dass der frühere Hotelchef auch im Winter jeden Morgen im Meer baden ging.

Wirklich nicht mein Ding, bis zum Bauch gerne, aber Schwimmübungen überlasse ich lieber den Wasserratten unter meinen Artgenossen.

Ausgelassen stürmte ich über den Strand, sodass der Sand nur so in die Luft stieb. Ha, in den Sand beißen, da: eine Stabmuschelschale mit der Schnauze hochwerfen und wieder auffangen, mit meinen Leuten Fangen spielen, dort: eine Schar von frechen Möwen, gleich mal aufscheuchen, diese Luder … Sogar einige Schwarzamseln hatten sich an den Strand gewagt: Weg da, jetzt kommt Poldi!

Denn nicht nur hier, sondern überall beanspruchte ich die absolute Lufthoheit über meine Reviere.

Mittags lunchten wir gemütlich in der Teestube, einem mit allerlei Antiquitäten dieses und späteren Jahrganges reichlich dekorierten reetgedeckten Restaurant in Keitum, dem friesischsten aller Inseldörfer.

„Mensch" nennt Keitum das Dorf der Walfänger, welche im 18. Jahrhundert Jagd auf diese Könige der Meere machten mit der Verwertung der Armen zu Reichtum gelangten und sich hier großzügige Reetdachvillen bauten.

Aus meiner Sicht würde ich Keitum eher als das Kaninchendorf bezeichnen, denn bei einem Gassigang durch die Gemeinde brachten mich diese Hoppler förmlich zur Raserei … und meine Leute erkannten ihren Hund nicht wieder, als ich wie ein Berserker an der Leine zerrte: Lein´ mich mal los, damit ich diese Rabbits ein wenig „aufmischen" kann!!!

Am Nachmittag zum Fünfuhrtee kehrten wir im „Café Wien" in der Westerländer Strandstraße ein, eine wahre Walhalla Wiener Mehlspeisen, wo meine Begleiter einem riesigen Stück Friesentorte nicht widerstehen konnten: „I can resist everything, except temptation", hieße jetzt wohl die von Oscar Wilde gefüllte Sprechblase, welche unsichtbar über den Köpfen meiner Leute schwebte ...

Für mich war der Aufenthalt nicht sonderlich spektakulär, „hund" freute sich aber über eine Schüssel mit Wasser, die unaufgefordert serviert wurde.

Abends durfte ich noch mal frei auf der Kurpromenade und am Strand laufen, als mich der Abschuss einer Silvesterrakete in Angst und Schrecken versetzte: Nichts wie weg, im Galopp raste ich, Frauchen und Herrchen, stinkesauer auf den nichtswürdigen „Raketenhirnamputierten", zurück zum nahen Hoteleingang.

Sichtlich erleichtert schlossen mich meine „Eltern" hier wieder in die Arme. Der liebenswürdige Nachtportier zeigte großes Verständnis für meine Angst, als wir ihm von dem Vorfall berichteten.

Nach diesem „Attentat" auf meine Hundeseele und einer geruhsamen Nacht reisten wir am nächsten Morgen nach einem frühen Strandgang ab.

Gerne hätten wir noch einige Tage im „Sur la Mer" verweilt, aber die Einschränkungen meiner Bewegungsfreiheit bei stolzen 30 Euro pro Hund und Nacht ohne spezielle Leistung hierfür ließen einen längeren Aufenthalt zu unserem Bedauern nicht zu.

Summa summarum war das „Sur la Mer" nicht wirklich auf den Aufenthalt von Hunden erpicht. Denke, ich war wohlgelitten und der Spruch des Tages in der Hauszeitung schien der erste Schritt zur Selbsterkenntnis und vielleicht zu mehr Tierliebe zu sein, denn mit Hotels, in denen Hunde tatsächlich willkommen sind, kann das „Sur la Mer" leider „noch" nicht mithalten:

„Sein Bestes zu geben ist wichtiger, als mit den Besten mithalten zu können."
(Anonym)

Testergebnis
Empfang: 0 Pfoten
Zimmerservice: 🐾
Info Gassiwege: 0 Pfoten
Zugang Restaurant: 0 Pfoten
Zugang Frühstück: 0 Pfoten
Barzugang: 🐾🐾🐾🐾🐾🐾 (mit Gratisräucherei!)
Hundebett: 0 Pfoten
Leckerli: 0 Pfoten

Das „Sur la Mer"

Hundestrand menschenleer

Mein Blick aus dem „Sur la Mer", nicht übel, was?

Hund im „Korb"

Mach mal Pause!

In den Dünen

Pfoten im Sand

Land in Sicht

Mit diesem Slogan warb das idyllisch im Elbvorort Groß Flottbek liegende „Landhaus Altona" mit seinen nur zweiundzwanzig Zimmern in den Gebäuden eines reetgedeckten historischen Gutshofes um zahlende Gäste.

Es befindet sich unweit des weitläufigen, von den Hamburger Stadthunden äußerst beliebten „Derbyparks", den Frauchen immer „Jenischpark" nennt, was fast richtig wäre, denn Letzterer grenzt am Restaurant „Quellental" an den Zuerstgenannten, und außerdem leuchteten meine Augen und die Ohren stellten sich hoch, wenn ich nach unserer Ankunft in Hamburg das Wort „Jenischpark" aus Fraulis Mund hörte.

Bevor wir einchecken, besuchten wir den Park mit der Regelmäßigkeit eines Schweizer Uhrwerkes, denn meist hatte unser alter Jeep bis hierher muntere fünfhundert Kilometer von Frankfurt aus unter seine großen Räder genommen, und Hund wie Mensch benötigten dringend Bewegung an der frischen hanseatischen Luft.

Vierbeiner aller Couleur begegneten uns hier auf der großen Wiese nördlich des Elbstrandes. Und ich muss gestehen, die Kollegen waren ohne Ausnahme vollkommen entspannt unterwegs: Keiner machte hier den „Molli" und warf mich etwa mit vereinten Kräften auf den Rücken, was ich hasse wie die Pest und wie es mir immer wieder mal bei den „Landeiern" meiner Wahlheimat Hessen widerfährt.

Deshalb komme ich immer wieder so gerne in die Freie und Hansestadt Hamburg mit ihren zahlreichen „grünen Lungen". Stets parkten wir an dem durch Funk und Fernsehen bekannten Derbyareal „Klein Flottbek" in der Jürgensallee, und ich durfte nach Überquerung der Straße sogleich „offline" in den Park hineinlaufen und die vielen vierbeinigen Leichtmatrosen „frei Schnauze" nach Herzenslust abschnüffeln, mit ihnen herumrennen und mal so richtig die „Sau rauslassen" nach der ewigen Autofahrt. Auch die zugehörigen Hundemenschen strahlten eine kaum zu beschreibende Gelassenheit aus, als würde der „Spirit" dieser weltoffenen Stadt als unsichtbarer Heiligenschein über ihren Köpfen schweben. Keine Rufe wie: „Ist Ihr Hund ein Rüde?", ist Ihr Hund ein dies, oder tut Ihr Hund ein das? Wie wir regelmäßig in anderen Regionen ständig angequatscht wurden.

Nein, alles geht hier ganz entspannt zu, und ich werde hier von Hund wie Mensch stets freundlich willkommen geheißen. Auch Frau- nebst Herrchen sind bei jedem Parkbesuch immer wieder aufs Neue vom Zauber dieser Stadt ergriffen.

Doch nun genug geschwärmt, jetzt erst mal zurück in die Baron-Vogt-Straße 179 und „mit Land in Sicht" einchecken.

„Hallo Poldi" begrüßte mich die hübsche blonde Dame am Empfang, „na, besuchst du uns mal wieder in Hamburg?" Schweifwedelnd und freundlich lächelnd bekundete ich ebenfalls meine Freude, wenn auch nur für eine Nacht im „Landhaus Altona" zu verweilen. Doch eigentlich sollte den freundlichen Worten die Gabe eines Begrüßungsleckerchens folgen, dachte ich.

Aber zur Ehrenrettung muss ich gestehen, Frauchen wurde sogleich eine ganze Rolle Hundebeutel aus Maisstärke überreicht, welche sich nach Entsorgung von selbst inklusive Inhalt wieder auflösen. Außerdem erwartete mich auf unserem Zimmer, Nr. 44, ein schöner großer Wassernapf.

Und nicht nur das: Meine Spezies wurde mit einem Flyer sogar persönlich begrüßt, auf welchem zu lesen stand: „Liebe Hunde. Wir freuen uns, dass Ihr bei uns eingecheckt habt. Damit auch Euer Herrchen, Housekeeping und andere Gäste eine gute Zeit haben, bitten wir euch, Folgendes zu beachten."
Und dann kamen einige nützliche Hinweise, die das Mit-

einander von Mensch und Tier erhellen, wie z.B.: Zum Schlafen ist der Fußboden da, also nicht etwa in den Betten liegen. Ist doch klar! Wegen allergischer Menschen Abstand von Vorhängen und Polstern halten, sonst würde meinen Leuten eine Extrarechnung für Sonderreinigung gestellt, dafür haben wir doch meine Hundedecken parat, „no problem". Und, dass ich nicht auf dem Zimmer bin, wenn gereinigt wird, und dass wir nur außerhalb des Hotelgeländes Gassi gehen, bedurfte doch an sich keiner gesonderten Erwähnung!

Sicherlich könnte sich der eine oder andere Gast diesbezüglich danebenbenommen haben, dachte ich.

Doch, oh Schande! Wo war mein bequemes Sofa abgeblieben? Bei meinen zurückliegenden Besuchen konnte ich mich darauf so urgemütlich der Länge nach ausstrecken! Stattdessen standen dort zwei Designerkorbstühle, die vermutlich für „mensch" ganz einladend schienen, aber für meinen athletischen Körperbau gänzlich ungeeignet waren.

„Na ja, was solls", knurrte Herrchen aus der Ecke, „ich geh-schnell Poldis Hundebett aus dem Wagen holen", welches Frauchen in weiser Voraussicht von zu Hause mitgenommen hatte. Um meine etwas abflauende Stimmung wieder aufzuhellen, platzierte sie meine weich gepolsterte Doggyliege perfekt vor das bodentiefe Fenster zum idyllischen Hotelgarten, von der doch vielbefahrenen Baron-Vogt-Straße abgewendet, sodass eine erholsame Nachtruhe gewährleistet schien. Der Leser sollte wissen, dass insbesondere mein Herrli im Gegensatz zu unserem weiblichen Familienmitglied Lärm nicht ertragen kann.

Bevor das „Eine-Nacht-Gepäck" inkl. Vierbeiner-Verpflegung ausgepackt wurde, genehmigten wir uns erst mal 'nen kleinen Drink, meine Leute einen hübschen Begrüßungssherry und Hund einen ordentlichen Schoppen Hamburger „Elbwasser" auf Kosten des Hauses.

Nach dieser schöpferischen Pause, die wir liegend noch in angemessener Dauer verlängerten, ging es nun zu einem gediegenen Stadtviertelrundgang durch Groß Flottbek. Kaum hatten wir den Hotelparkplatz verlassen, begegnete uns auf der anderen Straßenseite ein weiß gelockter Promenadenmischling mit einem ganz lieben Hundegesicht. Der tollte aus dem Garten einer stylichen Rotklinkervilla heraus schnurstracks auf uns zu, um mich ohne Umschweife an meinem Allerwertesten abzuschnüffeln.

Dagegen wäre an und für sich nichts einzuwenden, wenn dieser Lümmel nicht auch noch Anstalten unternommen hätte, es sich in ungebührlicher Weise an meinem Hinterteil zu schaffen zu machen, gerade wo ich da mitten in der Stadt zu meinem Leidwesen auch noch angeleint war.

Da kriegst du doch die Tür nicht zu, schoss es mir durch mein zweifellos intelligentes Hundehirn, da hört sich ja wohl alles auf: „Runter mit dir, „Hundling", fauchte ich ihn unmissverständlich an, drehte mich blitzschnell um hundertachtzig Grad und schnabelte den frechen „Rammler", meine weißen Zähne fletschend, an, als sein Frauchen herauseilte, ihr kleines „Sexmonster" wieder einzufangen. Sie entschuldigte sich für ihren so harmlos dreinblickenden spitzgedackelten Pudel.

Frauchen nahm die Entschuldigung würdevoll in meinem Namen entgegen und verheimlichte vornehm, dass auch ich nicht davor gefeit bin, selbst in Ermangelung essenziell männlicher Attribute mir scheinbar unterlegene Artgenossen mit sexuellen Scheinübergriffen zu „beglücken".

Da fiel mir gerade Emma ein, die schwarzbehaarte Schnauzerhündin meines Heimatreviers, die, besonders wenn sie läufig war, aber auch sonst kaum minder, die gesamte dörfliche „Herrenhunderiege" mit ihren unwiderstehlichen weiblichen Ausdünstungen anzuziehen pflegte. Von mir alleine ging ja keine Gefahr aus, wie es dem Leser nach der Lektüre der vorangegangenen Geschichten hinlänglich bekannt sein dürfte. Aber diese Geschehnisse spielten sich wie gesagt im dörflichen Milieu ab, deshalb schien es mir umso verwunderlicher, selbst hier in der feinen Stadt Hamburg dermaßen despektierlich belästigt zu werden.

Weg von dieser unschönen Begegnung streiften wir drei, „mensch" die wunder-schönen hanseatischen Häuser beschauend, „hund" mit der Nase das Hamburger Abendblatt entlang der akkurat getrimmten Buchsbaumhecken lesend und manchmal bis zur Mitte des Hundes katzenwitternd darin verschwindend durch die Straßen von Groß Flottbek: Vom „Windmühlenweg" über den „Röbbek" bis „An der Flottbeker Kirche", wo ganz entzückende historische Villen und Stadthäuser umsäumt von alten Bäumen dem Auge des Betrachters schmeicheln; so freuten sich Frau- wie Herrchen immer wieder, hier unseren Abendgang zu absolvieren. Für meinen Geschmack interessierte ich mich mehr für alles, was dort „kreuchte und fleuchte", ganz gleich, ob mir eine Schwarzamsel Würmer suchend vor die Pfoten hupfte, ein vorwitziger Kohlrabe schreiend über meinem Haupte kreiste oder gar ein Vorstadtkarnickel durch einen der eingewachsenen Villenvorgärten hoppelte. Dann hieß es: gute Nacht Hamburg! Mit einem Ruck zog ich die Leine schon mal stramm, und Herrchen musste meinem Verfolgungstrieb streng Einhalt gebieten. Vor der vorgenannten Kirche war natürlich, wie könnte es anders sein, ein dummes Schild mit der Abbildung eines durchgestrichenen Hundes aufgestellt, damit ja kein Vierbeiner die Wiese vor dem heiligen Gotteshaus beträte.

Was ist das nur für ein scheinheiliger Verein, der sich ausschließlich um das Seelenheil und nicht zuletzt um die Kirchensteuer der Spezies Mensch kümmert und dabei uns Tiere vollkommen außer Acht lässt, konstatierte ich. „Als hätte Franz von Assisi niemals Eingang in die Annalen der Kirche gefunden.

Zurück im Landhaus setzten wir uns an einen hübschen Tisch mit viel Platz für den großen Hund, darunter. Mit einer „Riesenminikaustange" und einem getrockneten Hühnerfiletstreifen, Kaurollen sowie mit reichlich Trockenfutter gefülltem Futtersack fing ich schon mal an, das Abendmenü genüsslich und zügig zu verzehren.

Meinen Leuten wurde das in der Karte angepriesene Entrecote nebst Blattspinat und gerösteten Kartoffelstreifen serviert. Wie sich herausstellte, gelangte das Fleisch in einem Stück und noch äußerst blutig auf den Teller, sodass Frauchen nur die halbwegs gebratenen Randstücke verspeisen konnte. Herrchen nahm es gelassener hin, bemerkte aber, dass Entrecôte gewöhnlich medium und in daumenbreiten Streifen serviert gehöre.

Sicherlich bereitete der Koch das Fleischstück alleine für mich zu und ahnte, dass meine Leute bei ihren Essensbestellungen immer auch an mein Wohlergehen dachten, was geflissentlich in Form eines vom Küchenpersonal kunstvoll designten Doggybag in Erscheinung zu treten pflegte.

So bestellten meine Menschen in Restaurants niemals Fisch; da ich diese Meeresbewohner nicht zu verspeisen pflege, und ausschließlich an Fleischgenuss interessiert bin, versprach mir Frauchen stets: „Wenn wir zurückkommen, bringen wir dem Poldi ein leckeres Fresschen mit." Und wirklich, niemals wurde ich von ihnen enttäuscht.

Am Nachbartisch hatten mittlerweile eine mittelalterliche und eine noch ältere Dame, welche sich bereits beim Hereinkommen angeregt unterhielten, Platz genommen. Die ältere der beiden führte das Wort, textete die jüngere mit ihren politischen Ansichten zu und prahlte damit, bereits bedeutende Politiker in ihrem Leben persönlich gesprochen zu haben.

Die jüngere war offensichtlich heute die Einladende und dermaßen begeistert von ihrem beredten Gast, dass sie sogleich noch eine Einladung zur Weihnachtsfeier ihrer Familie draufsetzte.

„Wollen Sie nicht erst mal mit Ihrem Mann reden?", erkundigte sich die ältere Dame, „hat er Sie heute Abend schon angerufen?" „Nein", erwiderte die jüngere, „er hat mich wohl noch nicht vermisst, hält wohl noch irgendwelche Sitzungen ab. Brauche ihn nicht zu fragen, mein Bruder kommt auch, mit dem können Sie prima über Politik reden, er hört nicht gut." „Hat er denn kein Hörgerät?", erkundigte sich die Alte. „Nein, und sehen tut er auch nicht mehr gut." Na, das wird ja eine interessante Unterhaltung, dachte ich!

Als hätten die beiden meine Gedanken gelesen, wandten sie sich unvermittelt zu uns herüber: „Wissen Sie, wir sind Hundewitwen, was ist es denn für ein Hund?" „Poldi ist ein Deutsch Langhaar, wir haben ihn von einer griechischen Müllkippe nahe der Stadt Patras", antwortete Frauchen artig. „Das tut uns sehr leid", bekundeten die beiden ihr Interesse an meiner Anwesenheit, und ich konnte meine Rührung nicht verhehlen.

Nach einer letzten Schnüffel- nebst Pipirunde ließen wir den Abend auf Nr. 44 ausklingen, wobei „mensch" sich in die Arme Morpheus begaben und Hund von dessen Sohn Phobetor in Empfang genommen wurde.

Mit selig orchestraler Schnarchsinfonie wiegte ich Frauchen wie Herrchen in den Schlaf.

Am folgenden Morgen erschnüffelte ich ein letztes Mal das Quartier rund um's Landhaus, wobei mir Herrchen ein allzu flinkes Karnickel, welches durch dünnes Oktoberlaub flitzte, mir unverständlicher Weise vorenthielt. Natürlich hatte ich die Fährte dieses Langohrs in den Sensoren meiner untrüglichen Nase und konnte nicht umhin, meinen Herrn und Gebieter mit einem ungebührlich festen Ruck fast aus den Socken zu heben.

Er nahm's gelassen! Und nach einem „Petit Déjeuner" verließen wir das Landhaus mit Kurs auf „Meer in Sicht", denn unser Weg führte uns weiter auf Deutschlands beliebteste sowie nördlichste Insel.

Testergebnis
Empfang: 🐾🐾🐾
Zimmerservice: 🐾🐾🐾🐾
Info Gassiwege: 🐾🐾🐾🐾🐾
Zugang Restaurant: 🐾🐾🐾🐾🐾🐾
Barzugang: 🐾🐾🐾🐾🐾🐾
Hundebett: 0 Pfoten
Hundesäcke: 🐾🐾🐾🐾🐾🐾
Hundelogis: 12€: 🐾🐾🐾

Noch eine Anmerkung in eigener Sache:

Die Stadt Hamburg verteilt in allen Bezirken Mengen von Gassibeuteln, welche oftmals an den Gartenzäunen privater Häuser zum Mitnehmen angebracht sind. Darauf ist zu lesen:

„Liebe Hamburgerinnen und Hamburger, wer in einer Großstadt wie Hamburg einen Hund hält, übernimmt eine besondere Verantwortung – für seinen Hund und für seine Mitbürger. Öffentliche Wege, Spielplätze sowie Freizeitflächen in Parks und Grünanlagen dürfen nicht durch Hundekot beschmutzt werden. Jeder Hundehalter ist hier verpflichtet, den Kot seines Hundes unverzüglich zu beseitigen.

Mit diesem Plastikbeutel wollen wir Sie dabei unterstützen. Hundekot können Sie einfach, hygienisch und schnell entfernen:

1. Ziehen Sie diesen Beutel wie einen Handschuh über.
2. Ergreifen Sie die Hinterlassenschaft Ihres Hundes.
3. Stülpen Sie den Beutel um.

4. Verknoten Sie den Beutel.
5. Entsorgen Sie den gefüllten und verknoteten Beutel im nächsten Abfalleimer der Stadtreinigung Hamburg. Gefüllte Beutel dürfen nicht liegen gelassen werden!

Machen Sie mit! Zusammengefaltet passt dieser Beutel in jede Brieftasche. So sind Sie auf die Hinterlassenschaften Ihres Hundes stets vorbereitet."

Wer beim Studium dieses langen Textes, aufgedruckt auf einen XXXL-Gassibeutel, der locker den Inhalt einer ganzen Woche beherbergt, die „großen Geschäfte" seines Vierbeiners „übersieht", dem ist nun wirklich nicht mehr zu helfen. Allerdings kann ich nicht begreifen, dass es Hundehalter geben soll, denen sich die Bedienung von Gassibeuteln bisher noch nicht erschlossen hat …?

Das Fenster zum Garten

Von hier aus sehe ich sämtliche Vögel und Katzen

Da, ganz oben hockt das Eichkatzl, wie komme ich da hoch?

Roomservice perfekt!

Landgasthof Tarner

Chiemgau
CHARMANTES TRADITONSHAUS MIT SEELE

Das klang ja nu wirklich vielversprechend, ein original Bayerischer Gasthof mitten in den leicht geschwungenen, wiesenbedeckten Hügeln des Chiemgauer Voralpenlandes mit seinen Schmankerln und dem süffigen Bier, freuten sich Frauchen, Herrchen wie Hund auf den Zwischenstopp auf der Fahrt in die Südalpen.

Bayerischer Zwiebelrostbraten, Kaiserschmarren mit Zwetschgenröster und nicht zuletzt „Fleischeslust" für den hungrigen Hund schwebten bereits wie Comicsprechblasen vor unserem geistigen Auge.

Von der A7, Abfahrt Rosenheim kommend lotste uns das Navi fünf Mal links und sechs Mal rechts durch die engen Gassen unseres Zielortes, dem Dörfchen Frasdorf nahe Chiem- und Simssee gelegen, bis wir in einer engen Sackgasse vor dem Misthaufen eines ansonsten sehr gepflegt wirkenden Bauernhofes landeten und uns die freundliche Reisebegleiterin mitteilte: „Sie haben Ihr Ziel erreicht!"

Wenn Frauchen mit ihren flinken Augenwinkeln nicht noch das blau-weiße Hinweisschild „LANDGASTHOF TARNER – 200 m links" erhascht hätte, wer weiß, ob wir noch vor Sonnenuntergang dort angekommen wären.

Vor dem altehrwürdigen, fünfhundert Jahre alten und mit hübschen Lüftlmalereien sowie bayerisch blau gehaltenen Klappläden verzierten Gasthof erwartete uns ein baumbeschatteter Parkplatz.

Zuerst sondierte ich mit Frau- und Herrchen mal das Gelände rund um den „Gustav", um Ausschau zu halten, wo denn wohl der Nachmittagsgassigang zu absolvieren wäre. Leider war ein idyllisch sich durch die fetten Wiesen schlängelnder Spazierweg in unmittelbarer Nähe der Herberge nicht auszumachen, denn lediglich kilometerlange Betonstränge führten vom Gasthof weg durch dicht besiedelte, aber besonders hübsche Chiemgauer Landhäuser. Wenigstens wies ein hölzernes Schild auf einen Parkplatz namens „Lederstube" und den Startplatz eines Waldwanderweges hin, der in gut eineinhalb Stunden Gehzeit zur viel besuchten Frasdorfer Hütte führte. Nach einer kleinen Schnupperrunde außerhalb des Hotels und drei bis fünf Mal „PP" (= Poldipipi), damit die hiesigen Kollegen wissen: „Poldi was here", ging es zum Check-in.

Für mich gab es gleich ein Beutelchen getrocknete „Wildfleckerl" mit Leberwurststückchen und Möhren, wie die Aufschrift der Verpackung vielversprechend versprach. Aber bitte nicht jetzt, wie gewöhnlich mag ich niemals Leckerli aufgedrängt bekommen. Sicherlich nehme ich die „Fleckerl" am Abend dann als Dessert zu mir, verriet mein Mona Lisablick.

Wenn die Geschäftsleitung die Hunde verwöhnt, dann dürfte wohl erst recht an das leibliche Wohl der mitreisenden Menschen gedacht sein, glaubte ich. Leider war mein Gedanke aber weit gefehlt, denn ab jetzt stand uns ein munterer Reigen von urbayerischer Sturheit und Gastunfreundlichkeit bevor.

Herrchen zu dem süßsäuerlich dreinschauenden jungen Mann an der Rezeption, welcher sich nur mühsam ein verstohlenes Willkommenslächeln abringen konnte. Wir wussten nicht, ob dies auf eine jugendliche Schüchternheit oder eine landestypische Charaktereigenschaft zurückzuführen war: „Grüß Gott, lieber Herr Marc", so Herrchen, bevor wir unser Zimmer bezogen, „gibt es hier im Gasthaus wohl eine ‚barmherzige Suppe' zur kleinen Stärkung und eine Schale Wasser für unseren Poldi?"

Herr Marc: „Leider nein, die Küche ist zur Zeit geschlossen, aber vorne am Ortsausgang gibt es einen Gasthof; ich weiß allerdings nicht, ob der jetzt um 14:00 Uhr geöffnet hat, selber war ich noch nie da."

Gemäß Webdefinition wird ein Gasthof bezeichnet als „ein Gastgewerbebetrieb, in dem Getränke und Speisen zum sofortigen Verzehr verkauft werden und der dafür eine Aufenthaltsmöglichkeit bietet."

Sicherlich hatten die Betreiber des Landgasthofes Karner diese Beschreibung noch niemals verinnerlicht, denn Herr Marc behandelte uns gerade wie eine Laufkundschaft, der nichts Besseres einfiel, als kurz nach zwei Uhr mittags ein Wirtshaus aufzusuchen, um den Koch in seiner Mittagspause zu stören …

Aber wir, bitte schön, hatten eine mehrstündige Autofahrt absolviert und uns riesig zumindest auf ein bayerisches Schmankerl in Form einer Brotzeit bzw. auf einen Schoppen Wasser gefreut. Natürlich hätten wir bereits während der Anfahrt bei mehreren Wirtshäusern einen Stopp einlegen können, was wir aus vorgenannten, jedermann einleuchtenden Gründen unterließen.

Frauchen bass erstaunt: „Na, das fängt ja gut an in dem für seine Wirtshauskultur berühmten Bayernland, da schickt uns der eine Gasthof zum anderen Gasthof, womöglich fallen wir hier einer Verschwörung Chiemgauer Gasthäuser zum Opfer, die einen Abwehrkampf gegen vermeintlich disziplinlose Gäste führen." Jedenfalls hatten wir drei so etwas noch nicht erlebt. Und der Leser kann mir glauben: Wir haben schon viele Gasthäuser- und höfe in den letzten Jahren aufgesucht und wurden stets mit einem kleinen Imbiss für Hund und Mensch verwöhnt.

Die Besorgnis meines Frauchens war allerdings unbegründet, denn im Gasthof am Rande des Dorfes, „Hochries" war sein Name, wurden wir zur Ehrenrettung des bayerischen Hotel- und Gaststättengewerbes herzlich aufgenommen, sogleich mit einer Schüssel Frasdorfer Voralpenwasser für den dürstenden Hundegaumen und einer deftigen Leberknödelsuppe für meine „Leidln".

Zurück im „CHARMANTEN TRADITIONSHAUS MIT SEELE", wie sich „unser" Landgasthof Tarner in seinem hübsch aufgemachten Prospekt auf die eigenen Schultern klopfte, erfuhren wir, dass das À-la-Carte-Restaurant heute Abend für uns geschlossen sei und ausschließlich Halbpensionsgäste „auf't Nacht" im Halbpensionsrestaurant bekocht würden.

Vielleicht waren Frau- und Herrchen zu erschöpft von der Reise, denn irgendwie realisierten sie die Aussage von Herrn Marc immer noch nicht so richtig; spätestens jetzt hätte der „Süßsaure" uns doch von Übernachtung mit Frühstück auf die einzige angebotene Kategorie „Halbpension" „upgraden" können. Mir und meinen Leuten wäre es doch wurscht gewesen, die verlangten 28 Euro zuzuzahlen. Aber die Geschäftspolitik dieser Herberge schien an diesem heißen Spätsommertag schier unergründlich und lag fern davon, sich für den Gast zu erschließen!

Vielleicht lag es ja auch an der Hitze, die eine flexible Gästebetreuung an diesem Tage verhinderte.

Also nahmen wir erst mal die gebuchte „Landhaussuite" im Dachgeschoss in Beschlag, um uns ein wenig von der langen Reise auszurasten.

„Wow!!", rief Herrchen, als sich die Türe öffnete und sich eine Räumlichkeit mit ganz außergewöhnlichen Dimensionen für uns drei erschöpfte Geschöpfe auftat. Der halbe F. C. Bayern München hätte bequem darin Logis nehmen können: Eine fast poolgroße Wanne plus XXXL-seniorengerechte Dusche für Menschen und ein bequem erscheinendes Plüschsofa für den anspruchsvollen Vierbeiner. Kaminecke, Sitzecke und Extrazimmer mit Einzelbett, und das alles mit „Panoramablick" auf den Schornstein des Nachbargebäudes, auf dem ein auf der Leiter stehender Rauchfangkehrer abgebildet war.

Das den „Panoramablick" gestattende, nahezu haushohe, die Gluthitze der Nachmittagssonne förmlich in sich aufsaugende „Panoramafenster" heizte den riesigen Raum auf gefühlte Saunatemperatur kurz nach dem Aufguss auf.

„Ja Kruzitürken", entfuhr es unserem mit Recht zornigen Herrchen, „wo ist denn hier ein Vorhang, eine Jalousie oder ein „handelsüblicher Rollladen, der uns vor diesem glühenden Planeten schützt?" Doch auch nach gründlichem Suchen: kein Ergebnis! Es gab in dieser Räumlichkeit keinen Schutz vor der „lieben Sonne", nicht mal einen Wassernapf für die durstige Hundeseele oder zumindest ein Bidet, welches das beste Frauchen, dass sich ein Hund vorstellen kann, mit Chiemgauer Wasser für mich mal eben hätte schnell anfüllen können.

Bar jeglichen Hundeequipments packte Herrchen erst mal den in weiser Voraussicht stets mitgeführten „Gassi-Catering-Rucksack" mit dem mobilen Hundeequipment wie Wassernebst Fressnapf, Notration Leckerli für drei Tage und Hundebeutel aus, um mir Erste Hilfe zu leisten!

Frauli steuerte wie immer die komplette Essensration für die Durchreise bei. Auch die leichten Leinendecken für meine beiden Nachtlager auf dem Plüschsofa sowie direkt neben Herrchens Bett vor dem Miniklappfenster in Bodennähe wurden sogleich für mich ausgebreitet.

Auf der Flucht vor der unerbittlich in das Brennglas des Panoramafensters hineinglühenden Sonne verkrochen wir uns also in das ostseitig gelegene Schlafgemach, um eine kleine „weiß-blaue Zimmerstunde" einzulegen.

Auf dem Fenstersims des angrenzenden geräumigen Schrankraumes konnte ich nun endlich den Inhalt des Reise-Wassernapfes genüsslich auslöffeln und zugleich die Hofeinfahrten und Haustüren gegenüber der Straße nach Artgenossen und bajuwarischen „Katzenviechern" absuchen. Wobei mir Letztere herzlich z'wider sant', wie mir die hiesigen Hunde gewiss beipflichten werden!

Aber auch dem einheimischen Mensch wie Tier war es an diesem Nachmittag viel zu heiß, die Straße war wie leer gefegt, sicherlich taten sie es uns gleich.

Nachdem sich die Nerven etwas beruhigt hatten, schickten wir Herrli noch mal zum Hoteldirektor, die Sache wegen heute Abend abzuklären …

Doch ich hatte mich wohl als Einziger von uns dreien mit meinen braun behaarten „Ohrwaascheln" nicht verhört: Auft'Nacht waren wir Bedauernswerten tatsächlich im Hause nicht erwünscht, und es war analytisch nicht zu ergründen, weshalb es keine Aufbuchungsoption für Halbpension gab. Vielleicht musste man erst mit der Ehrennadel des „Treuen Gastes" für mindestens fünf Aufenthalte im Landgasthof bedacht werden, um in den Genuss von Halbpension zu kommen.

Aber das war noch nicht alles: Selbst wenn eines der beiden Restaurants für uns geöffnet gewesen wäre, hätte meine Wenigkeit keinen Zugang dazu gehabt, wie ein Schild mit durchgestrichener Hundeabbildung und dem Text: „Wir müssen draußen bleiben", jedem Hundehalter unmissverständlich klarmachte! Der Hoteldirektor meinte noch zu Herrchen, der Hund könne ja auch mal auf dem Zimmer bleiben … So eine Frechheit, dachte ich, der gute Mann hat wohl sein eigenes Hotelprospekt nicht gelesen, in welchem schwarz auf weiß geschrieben stand:

„Bei uns ist auch ihr vierbeiniger Freund herzlich willkommen. Hunde sind in der Kategorie ‚Standard' möglich. Pro Hund und Tag fallen zusätzlich 10 Euro an."

„Herzlich willkommen, herzlich willkommen", wenn ich in dieser Herberge herzlich willkommen wäre, wollte ich nicht wissen, was es zu bedeuten hätte, wenn im Prospekt stehen würde: „Ihr Vierbeiner ist bei uns willkommen." Womöglich dürfte ich dann im Fahrradschuppen oder im hauseigenen Freiluftzwinger nächtigen, weit weg von meinen Leuten …, gruselte es mich bis in die Haarspitzen meines glänzenden Felles.

Und „Hunde sind in der Kategorie Standard möglich". Was soll jetzt das nu wieder bedeuten? Gemäß Definition ist ein Standard die Richtschnur dessen, was für normal gehalten wird, was also für gewöhnlich einer allgemein üblichen Norm entspricht. Nach dieser Wortbestimmung wurden in „unserem Landgasthof mit Seele" die hundespezifischen Standards gründlich verfehlt!

„Also", sprach Frauchen frei nach Friedrich Nietzsches Zarathustra, „meine Lieben, machen wir uns auf zum Gasthaus ‚Hochries', vier hungrige Mägen (alleine ich verfüge über zwei) mit bayerischer Kulinarik zu verwöhnen.

Doch vorher erkundeten wir noch die Umgebung bei einem ausgedehnten Spaziergang vom Wanderparkplatz „Lederstube" aus, den man in wenigen Minuten mit dem Auto über asphaltierte Wiesenwege erreicht.

Kurz bevor es losging, wunderte sich Herrchen über eine Parkuhr, die hier mutterseelenalleine in der Landschaft stand und für das Parken unerbittlich eine Mindestgebühr von zwei Euro auch für unseren halbstündigen Spaziergang verlangte!

Über einen Forstweg gelangten wir vis-à-vis des Parkplatzes zu einem Wildbach, der bereits im Tal angekommen schon gar nicht mehr so wild, gemächlich vor sich hin plätscherte. Breite Traktorspuren zeugten von regelmäßigen Durchquerungen der hiesigen Bauern. Für meine erhitzten Pfoten war der Bach eine durchaus willkommene Einladung zu einer „waghalsigen" Durchquerung im „Schweinsgalopp", zu der mich Frauchen zunächst durch gutes Zureden ermunterte. Denn das Element Wasser ist nun wirklich nicht das meine, und Schwimmen meide ich wie der Teufel das Weihwasser. Diese Tätigkeit überlasse ich lieber den Schwimmhunden wie etwa Labradoren oder Rhodesian Ridgebacks, die ganz verrückt aufs „Kraulen" sind.

Doch angesichts der sommerlichen Temperaturen genoss ich zweifellos das Pfoten- und Unterbauchbad verbunden mit einem Drink.

Es versteht sich von selbst, dass sich „hund" am anderen Ufer des Flusses erst mal eine Runde schütteln musste, denn zu viel Nässe ist schädlich fürs Fell!

Entlang eines Pilgerweges, der die Leiden Jesu mit einigen in regelmäßigen Abständen aufgestellten Holzschnittmarterln nachzeichnete, nutzte ich die Gelegenheit zu einem duftenden Heubad in einer frisch gemähten Almwiese. Da kein Bauer in Sichtweite war, wälzte ich mich nach Herzenslust auf dem Rücken hin und her und her und hin: Ich war außer mir vor Glück!

Als „Wellness-Dessert" war jetzt noch Lochbuddeln angesagt, denn es stieg mir ein verlockender Geruch nach „Chiemgauer Feldmaus" in die Nase.

Mit kräftigen Bissen drehte ich die Grasnarbe um, legte die Sode fein säuberlich neben die ausgegrabene Mulde und steckte die Schnauze so tief wie möglich in das Schlupfloch von Frau Maus, denn irgendwo da unten musste das Luder doch sein … Die konnte doch unmöglich Ende August im Winterschlaf liegen. Nicht dass der Leser jetzt denkt, ich hätte sie etwa gelyncht oder sogar aufgefressen, wie es manche meiner Artgenossen zu tun pflegen; aber nein, lediglich wäre sie ein wenig beim Wegrennen verfolgt und mal in die Luft geworfen worden, mehr auf keinen Fall, bin doch Tierfreund!

Am Ende des heiligen Pfades erreichten wir eine Grotte, die von Gläubigen bezüglich der ihr unterstellten Heilkraft des dort aus einem Brunnen fließenden Wassers häufig aufgesucht wird, wie uns Herrchen erzählte.

„Hab Dank fürs Wasser, es heilt Leib und Seele. Ein Gebet an der Grotte ist ein Juwel."

Waren wir hier etwas in einer Art „Chiemgauer Lourdes" gelandet? Also schnell einen Schluck aus dem einladenden Brunnen, verbunden mit einem kurzen Stossgebet, dass es mir vergönnt sei, noch ein ganzes langes Hundeleben bei meinem Frauchen und Herrchen bleiben zu dürfen!

Im Gasthaus Hochries bewirtete uns eine überaus fesche, dirndlbekleidete junge Dame auf der gemütlichen Terrasse in ausgesuchter Freundlichkeit; eine Schüssel Wasser für den Hund kam unaufgefordert, garniert mit einer ordentlichen Portion Streicheleinheiten, die ich zweifellos genüsslich über mich ergehen ließ.

Wenn meine Leute auch der größeren Besucherzahl geschuldet etwas länger als gewöhnlich auf Grillteller und Zwiebelrostbraten warten mussten, so wurden sie mit frisch zubereiteten Speisen belohnt. Auch an mich war wieder gedacht. Denn Frauchen ließ einen Teil ihres Fleisches dezent in der mitgebrachten Alufolie für später verschwinden, was ich mit vorfreudiger Genugtuung aus den Augenwinkeln beobachtete.

Denn während unseres anschließenden Abendganges durchs Dorf bekam „hund" eine zweifellos sättigende Anzahl klein geschnittener Grillfleischstücke verabreicht, bevor wir uns zur Nachtruhe in die Landhaussuite mit ihren „außerordentlichen Ausmaßen" begaben.

Eine angenehm kühle Brise strömte durch die weit geöffnete Balkontüre und sog die während des Tages aufgestaute Sommerhitze in sich auf.

Rasch machte ich es mir auf dem Plüschsofa bequem und fiel unverzüglich in ein „Grilltellerkoma".

Im Traum erschien mir der Hoteldirektor: „Ja grüß dich Gott, mein lieber Poldi", empfing mich Herr Matthias an der Eingangspforte, „hattest du eine angenehme Anreise? Hat dich dein Herrchen ordentlich chauffiert?

Darf ich dir gleich einen Begrüßungscocktail mit einer Schüssel Wasser anbieten? Und heute Abend bist du herzlich mit Frauchen und Herrchen in unserem Hunderestaurant ‚Kommissar Rex' eingeladen. Wir servieren das Vierpfoten-Verwöhnmenue mit selbst gebackenen Leberwurstkeksen als Vorspeise, als Hauptgang gibt es zarte Stücke vom Chiemgauer Jungbullen, englisch in Olivenöl gebraten, und zum Dessert reichen wir eine gewürfelte Käseauswahl von Chiemseer Berg- und Frasdorfer Hüttenkäse.

Und wenn du dann noch magst, steht dir eine Etagère, angefüllt mit verschiedenen Kauknöchelchen-Petits-Fours, für die Zahnhygiene zur Verfügung. Sämtliche Gänge werden natürlich begleitet mit kühlen Wässern aus der Region, die dir unser Wassersommelier kredenzt!

Und anschließend empfängt dich und dein Frau- und Herrchen unser Herr Marc in der Landhaussuite ‚Argos‘, in der du auf einer XXXL-Doggyliege einschlummern darfst.

Am Morgen geht dann Herr Marc mit dir Gassi, damit deine Leute in aller Ruhe packen und frühstücken können, bevor es auf die Weiterreise geht."

„Guten Morgen, Poldi", hörte ich die wohlvertraute Stimme meines Frauchens, als ich noch ein wenig benommen und mit weggeklapptem Ohr auf dem Rücken liegend, sämtliche vier Beine in die Höhe streckend, aus meinem Traum erwachte.

Herrchen war bereits abmarschbereit, unseren Morgengang um die vier Ecken des „charmanten Traditionshauses mit Seele" anzutreten. Herrlich strömte der taufrische Duft der fetten Wiesen in unsere Nasen, als ich ausgiebig meinen frühen Geschäften nachging.

Anschließend hieß es, noch mal eine gute halbe Stunde in der „Argos-Suite" ausharren, bis meine Leute gefrühstückt hatten, denn auch hier hatte ich keinen Zugang, wie es sich der geneigte Leser bestimmt vorstellen kann. Als mir Herrchen dann noch erzählte, dass drei unerzogene kleine Kinder mit Schuhen auf den Sitzpolstern am Frühstückstisch herumturnten und quengelnd nach „Schlagobers" auf dem Kakao verlangten, hatte ich die „Schnauze" endgültig von diesem Etablissement gestrichen voll!

Ich durfte mich in keiner der Räumlichkeiten aufhalten, wo ich mich stets brav unter den Tisch lege und keinen Muckser von mir gebe, und diese kurzen Teile machten einen Radau am Tisch, grapschten am Buffet mit den Fingern nach der Wurst, und die durften überall rein, und das alles unter den Augen der von ihren Nachkommen „besoffenen" Eltern!

Herrn Marc tat Herrchen gehörig meine Verärgerung kund, wodurch uns der „Süßsaure" ob dieser vielen „Standardverletzungen" noch einen angemessenen Preisnachlass gewährte.

Ohne einen Blick zurück stiegen wir in unseren Wagen und verließen den „Traditionsgasthof Tarner" in Richtung Südalpen.

Testurteil
Empfang: 🐾🐾🐾
Zimmerservice: 🐾🐾🐾🐾
Info Gassiwege: 0 Pfoten
Zugang Restaurant: 0 Pfoten
Zugang Frühstück: 0 Pfoten
Barzugang: keine Bar vorhanden: 0 Pfoten
Hundebett: 0 Pfoten
Leckerli: 🐾🐾🐾🐾

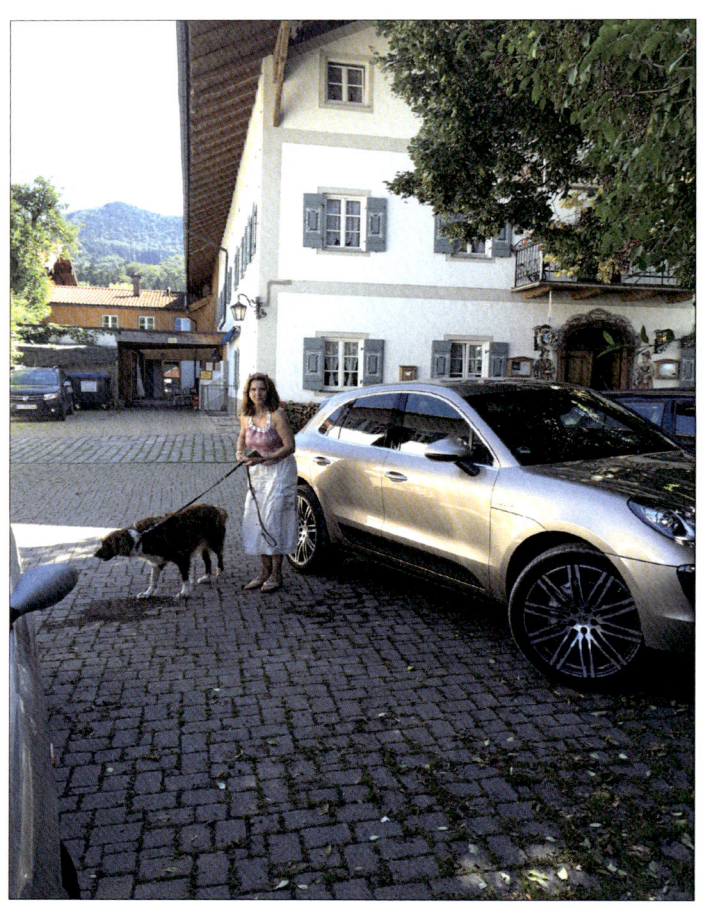

Wo sind denn hier schöne Chiemgauer Gassiwege?

Erst mal entspannen, auch ohne Picot!

Der Ausguck ins Dorfgeschehen

Für Hunde kein Zugang!

„Schubbern" im duftenden Heu: ein Genuss!

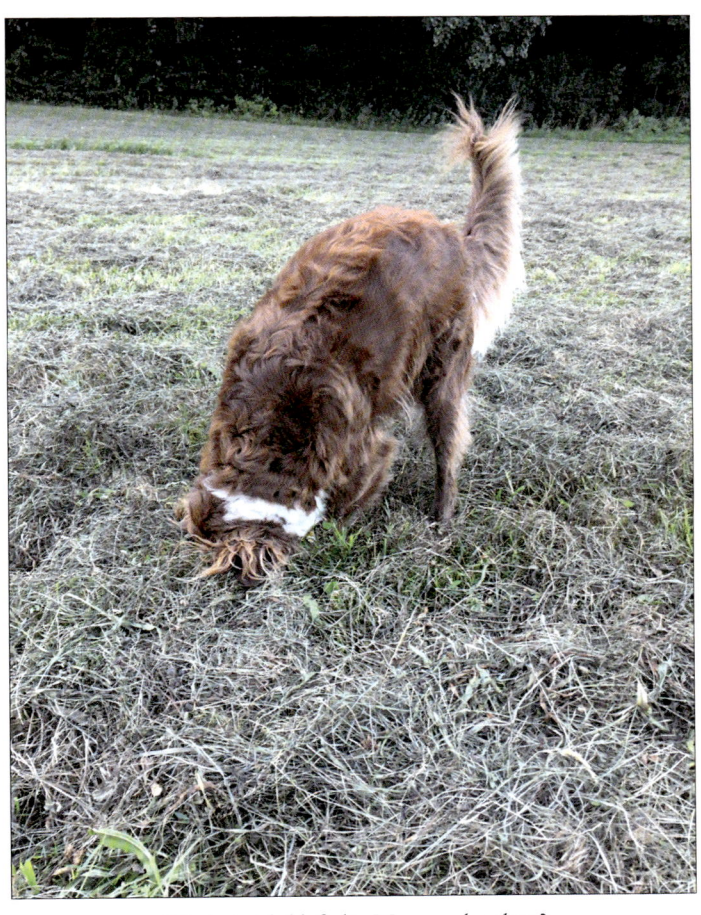

Wo hat sich bloß die Maus verkrochen?

Kneippanwendung im Gebirgsbach

Ora et labora

„Wie wär's mit einer Nacht im Klosterhotel?", fragte mich Herrchen eines schönen Morgens in unserem Urlaubsdomizil. Gerade hatte ich noch von Feldmäusen geträumt, deren Duft mir auf dem Wiesenweg in die Nase stieg, und davon, wie ich, im Schlaf mit allen vieren im Hundebett liegend, zu laufen begann, kräftig in die Grasnarbe biss und ein großes Loch am Mäuseschlupf aushob!

Auf der Heimreise würde das „Klosterhotel" in Allmannshofen bei Augsburg praktisch auf der Strecke liegen.

Mit einem Foto von mir und dem Hinweis, ich sei ein ganz lieber, gut erzogener Hund, ersuchten wir höflich um ein großzügiges Komfort-Doppelzimmer, natürlich mit einem gemütlichen Sofa bestückt. Das mit dem „gut erzogen" konnte ich nun wirklich bestätigen. Während meines mittlerweile fünfjährigen Aufenthaltes bei Frauchen und Herrchen hatte ich die beiden nach allen Regeln der Hundekunst tatsächlich gut erzogen. Denn meine Wünsche nach Zuwendung, feinen „Fresschen", ausgiebigen Ausläufen und allem, was die Hundeseele liebt, wurde mir ohne Zweifel geboten. Dafür war ich ihnen im Tiefsten meiner Seele dankbar; vergessen: das halbe Jahr auf der Müllkippe bei Patras in Griechenland!

Vorbei an weitläufigen Wiesen, Feldern und Wäldern begrüßten uns schon von Weitem die hoch aufragenden Doppeltürme der Klosterkirche mit ihren bläulich schimmernden Spitzkuppeldächern.

Das Kloster, welches zur St. Josefskongregation* gehört, widmete seine Tätigkeiten der Geisteshaltung des heiligen „Franz von Assisi".

Dieser hatte sein Leben nicht nur den Armen unter den Menschen geopfert, sondern auch allen Tieren, die er als Mitgeschöpfe betrachtete, denen der gleiche Respekt zu zollen sei wie dem Homo sapiens.

Herrchen zitiert bei passender Gelegenheit immer wieder mal einen Spruch von Franz: „Dass mir mein Hund das Liebste sei, sagst du, oh Mensch, sei Sünde, doch mein Hund bleibt mir im Sturm treu, der Mensch nicht mal im Winde."

Diese Erkenntnis Assisis kann ich aus eigener Erfahrung bestätigen, denn nachdem mich „mein" griechischer Jäger wegen Jagduntauglichkeit als Welpe auf dem großen Müllplatz der Stadt Patras meinem Schicksal überlassen hatte, führte mich die göttliche Vorsehung zu meinem Frauchen und Herrchen, denen ich bis zu meinem letzten Schnaufer treu zur Seite stehen werde, so wahr ich Poldi heiße.

Aber auch meine Menschen halten mir unverbrüchliche Treue. Noch keinen Tag oder Nacht haben sie mich bisher alleine zu Hause gelassen.

Denn wir sind ein fest verschweißtes Team durch „dick und dünn", in guten wie in schlechten Tagen. Und von Letzteren hatte ich anfangs mit meinem gebrochenen Bein nun wirklich zur Genüge: „Linken Vorderlauf noch mal brechen, weil er mangels Behandlung schief zusammengewachsen war, zweimal wöchentlich in die Tierklinik zum Verbandswechsel, zweimal täglich einen kleinen Spaziergang an der Leine. Und auch als ich kurz davor war, mein Beinchen zu verlieren, hielten meine Leute fest zu mir. Und eines kann mir der Leser abnehmen, ein anderer hätte mich mit der Verletzung gar nicht zu sich genommen.

---

* Von Pater Dominikus Ringeisen im 19. Jahrhundert für behiönderte Menschen gegründet

Deshalb: Auf mein Frauchen und Herrchen lasse ich nichts kommen, auch die hielten bei „Windstärke 11" zu ihrem Hund!

Die Mitarbeiterinnen beim Empfang schienen von dem Geiste des heiligen Franz beseelt, denn in ihrer natürlichen Art hießen sie uns drei herzlich willkommen. Zu meiner Überraschung reichten sie mir unaufgefordert ein Beutelchen selbst gebackener Hundekekse aus der Klosterbäckerei, natürlich konnte ich diese nicht wie so mancher Artgenosse sofort auf Kommando vertilgen, denn dazu bedurfte es eines gewissen Ambientes und einer Muße, die ich dann später auf unserem Zimmer zu finden hoffte.

Entlang eines langen, breiten Ganges im ersten Stock des Hoteltraktes, vorbei an historischen Fotos aus dem Klosterleben längst vergangener Tage, erreichten wir unser mehr als großzügig dimensioniertes Zimmer, nein, der Ausdruck „Zimmer" war hier fast schon unangebracht: Es handelte sich um einen mir riesig erscheinenden Raum mit einem bestimmt drei Meter hohen, von edlem Stuck umsäumten Plafond. Hinter den annähernd genauso dicken Mauern erfasste uns ein Gefühl der totalen Abgeschieden- und Geborgenheit. Die Hektik des modernen Alltagslebens schien zu diesen Gemäuern keinen Zugang zu besitzen.

Im Raum stand ein riesiges ledernes Sofa für den anspruchsvollen Hund, die Böden waren mit edlem Fischgrätenparkett bedeckt; hier konnte ich mich auch bequem ausbreiten, ohne meine Ellbogen zu ramponieren, wie es bei vielen meiner Artgenossen zu beobachten ist, deren Leute stets vergessen, ihrem Vierbeiner eine Hundedecke unterzulegen.

Leider musste ich das Fehlen einer Wasserschüssel wie eines Fressnapfes bemängeln, wobei Erstere besonders bei Anreise von großer Bedeutung für den durstigen Hund ist.

Es war bereits Nachmittag, und die noch wärmende Oktobersonne lockte uns nach draußen zu einem ausgedehnten Gassigang.

Durch einen Torbogen ging es über eine lange steinerne Treppe hinunter zum „Holzenrundweg", welcher uns vorbei an einer aufgelassenen ehemaligen Papiermühle an einen idyllischen, von schattenspendenden Trauerweiden umsäumten Bachlauf führte. Da nur wenige Sonntagsspaziergänger unseren Weg kreuzten und ich ein braver Hund bin, durfte ich, was ich über die Maßen liebe, frei laufen.

Weder die Entenpaare, die sich, den Kopf in den Nacken abgesenkt, schlafend in das Schilf des Bachsaumes zurückgezogen hatten, noch eine große Gänseschar, die uns unter einer alten Brücke, wie aus der Werbung für eine Bettfedernfirma entsprungen, entgegenschwammen, konnten mich aus der Fassung bringen. Früher wäre ich bestimmt aufgeregt am Ufer hin und her gerannt, dieses Federvieh mal ordentlich aufzuscheuchen, wie es der meiner Rasse vor langen Jahren angezüchtete Jagdtrieb eigentlich von mir verlangte.

Oder war mein jagdliches Wesen etwa dem beruhigenden Einfluss des alle Tiere liebenden Franz anheimgefallen? Wie auch immer, jedenfalls waren Frau- und Herrchen mehr als erbaut von meinem vorbildlichen Verhalten, sodass die Leine auch für den weiteren Verlauf des Spazierganges nicht zum Einsatz kommen musste.

Doch halt! Was war denn das? Eine Dame mit langem blonden Haar paddelte in einem langen roten Boot den Bach entlang, und Frauchen unterhielt sich auch noch mit ihr! „Das ist aber ein ungewohnter Anblick", rief sie der Dame auf dem Wasser zu! Da konnte ich nur beipflichten, denn ich war zutiefst beunruhigt, rannte aufgeregt am Ufer entlang und verlieh meinem Erstaunen durch kurze Wuffwuffs in Richtung Kanutin Ausdruck.

Denn der Leser muss wissen: Ich registriere alles, was anders ist als sonst. Eine Plastiktüte an einer Hecke, einen Obdachlosen auf der Parkbank, einen Besucher in Nachbars Garten, auch wenn es der Nachbar selber ist, das Läuten der Kirchenglocken oder der des Alteisenhändlers all dies bringe ich unverzüglich bei meinen Leuten „zur Anzeige"! „Wo kämen wir denn hin, wenn hier jeder machte, was er wollte? Habe ich nicht recht?"

Zurück im Klosterhotel zog es uns in die wirklich sehr einladende und von vielen Gästen besuchte Gastronomie des Ordens, die am Nachmittag auch als Kaffeehaus diente. Eine urgemütlich bayerische, von hohen Gewölben überdachte Gaststube lud zur Einkehr.

Als wir an dem auch bereits für den Abend reservierten großen runden Tisch mit Sicht auf die lange Theke Platz nahmen, reichte mir Frauchen erst mal meine geliebte „Riesenministange" eines bekannten Herstellers, garniert mit einer kleinen Portion Trockenfutter, denn mir knurrte nach den bisherigen Aktivitäten ordentlich der Magen, und Durst hatte ich auch!

Leider war der junge Kellner etwas unaufmerksam, denn er hatte das für mich bestellte „stille Wasser" glatt vergessen, aber seine Kollegin, zuverlässig wie Frauen eben sind, eilte lächelnd mit meinem „Drink" herbei.

Meine Leute begnügten sich mit einem grünen Tee nebst einem Stück nicht mehr ganz frischer Schwarzwälder Kirschtorte für Herrchen.

„Hoho, haha ...", tönte es vom Nachbartisch zu uns herüber. Drüben saß ein junger Mann mit lachendem Gesicht in seinem Rollstuhl. Er zählte zu einer Reihe von behinderten Menschen, die hier am Rande des Klosters in einigen Häusern des „Dominikus-Ringeisenwerkes" untergebracht waren. Unter liebevoller professioneller wie ehrenamtlicher Betreuung arbeiteten sie alle in den Werkstätten dieser Einrichtung, welche bereits seit Gründung des Klosters bestand, soweit es ihr geistiger wie körperlicher Gesundheitszustand erlaubte. Die hergestellten Werkstücke kann jedermann im Klosterladen käuflich erwerben.

„Schöner Hund! Schöner Hund!", rief der junge Mann, welcher heute wohl von seiner Familie mit zwei kleinen

Mädchen besucht wurde, enthusiastisch zu uns herüber. „Ja hallo!" Das Kompliment galt eindeutig meiner Wenigkeit, also sprang ich lachend auf und wedelte mit Zustimmung meiner Leute zu meinem „neuen Fan" hinüber! Zweimal links und dreimal rechts herum um den Rollstuhl freute er sich riesig, mich ausgiebig zu streicheln, was ich natürlich sichtlich genoss. Mit einem kurzen Zungenschleck über sein Gesicht bedankte ich mich herzlich für die unerwartete Zuwendung und kehrte unaufgefordert zu Frau- und Herrchen zurück. Der erste Schreck, ob meiner spontanen Reaktion dem jungen Mann gegenüber, wich plötzlich einem entspannten Lachen aller Beteiligten. Und mein Frauchen erzählte ganz stolz, dass ich allen Kindern und behinderten Menschen stets freundlich zugetan wäre. Besonders gerne lache ich mit meinem „langen Gesicht" in alle Kinderwägen hinein, was nicht immer auf das vorbehaltlose Gefallen der zugehörigen Mütter stößt. Frauchen fragt deshalb immer, ob meine Zutraulichkeit erwünscht ist oder sich der oder die Kleine ängstigt.

Auf dem Tresen stand das mit einem Trauerflor versehene Foto einer älteren freundlich lächelnden Nonne, welches die Aufmerksamkeit von Frau- und Herrchen auf sich zog. Es handelte sich um Schwester-Oberin „Isentrudis", die der Herrgott bei einem Verkehrsunfall zu sich gerufen hatte, wie uns die junge Servierin ganz traurig berichtete.

Sie war mit ihren einundsiebzig Jahren die jüngste Ordensschwester im Kloster und leitete neben vielen anderen Tätigkeiten wie z.B. der Betreuung der Pforte oder auch der Durchführung von Trauungen eben auch die Gastronomie. Ob ihrer vielfältigen Aufgaben könnte sie den Begriff „ora et labora" erfunden haben.

Sie war durchdrungen von ihrer Berufung zur Nonne und trat bereits als neunzehnjährige „Annemarie Mayer" in den Franziskanerorden ein. Schade, dass wir sie nicht mehr kennenlernen durften, denn sie schien eine weltoffene

Schwester, auch allen Gästen des Klosters stets herzlich zugetan gewesen zu sein.

Was mir besonders an diesem heiligen Ort imponierte, war die Tatsache, dass „hund" sämtliche Räume zugänglich waren. Ich durfte ins Restaurant, ich durfte in den Frühstücksraum, durfte ins Kaffeehaus, durfte mich im Klosterpark frei bewegen, es gab hier keinen Bereich, der mir verwehrt wurde: als würde Franz von Assisi ein waches Auge auf seine Schwestern und Brüder werfen!

Nach einem gemütlichen Abend im gewölbten Klostergasthaus besuchten wir noch die Bar nahe der Hotelrezeption. Der ob der zu dieser späten Stunde hier noch herumtobenden Kinder etwas genervte Barmann kredenzte mir versehentlich eine Schale warmen Wassers, was Frauchen höflich reklamierte. Seine Frage, ob der anspruchsvolle Hund etwa ein paar Eiswürfel hinein wünsche, kommentierten meine Leute des lieben Friedens willen nicht, sonst hätten sie ihn wohl fragen müssen, ob er gerne lauwarmes Bier trinke. Aber wir wollten den „Armen" nicht noch mehr auf die Palme bringen.

Am nächsten Morgen verließen wir diesen Ort der inneren Einkehr nach einem ordentlichen Frühstück und einem ausgiebigen Gassigang an „unserem Bach" entlang.

Die Enten begrüßten uns mit lustigem Geträte, als wollten sie uns zurufen: „Wann sehen wir uns wieder?"

Bestimmt im nächsten Jahr, dachte ich, aber bitte nicht am Johannifest, dann ist hier viel zu viel los.

Testurteil
Empfang: 🐾🐾🐾🐾🐾🐾
Zimmerservice: 0 Pfoten
Info Gassiwege: 🐾🐾🐾🐾🐾
Zugang Restaurant: 🐾🐾🐾🐾🐾🐾
Zugang Frühstück: 🐾🐾🐾🐾🐾🐾
Barzugang: 🐾🐾🐾🐾🐾🐾
Hundebett: 🐾🐾🐾🐾🐾🐾 – ein riesiges Sofa, only for me
Leckerli des Hauses: 🐾🐾🐾🐾🐾🐾
Hundelogis: 8€: 🐾🐾🐾🐾🐾

In die Klosterschenke darf ich rein

Die stattliche Klosterkirche

Es grüßt die Gänseschar

Am Ende des langen Flures wartet unser Zimmer

Lektüre der Klosterzeitung

Heiliger Nepomuk, bitte schütz auch alle Hunde

Auf dem Klosterrundweg

Poldi ante portas

Labora!

Blick aus dem Zimmer

Epilog

Nach vielen Hotelaufenthalten landauf, landab verfestigt sich die Erkenntnis, dass Hunde bis auf wenige Ausnahmen dort nicht wirklich willkommen sind.

Hinter der Fassade vollmundiger Werbebotschaften auf den Websites und Hochglanzprospekten verbergen sich häufig enttäuschende bis niederschmetternde Realitäten: „Wir bitten um Verständnis, dass Ihr Hund wegen der anderen Gäste nicht ins Restaurant darf, bitte auch nicht in den Frühstücksraum, damit er nicht etwa vom Buffet nascht, und den Hotelpark möge er bitte ebenfalls nicht betreten, Sie wissen schon warum …"

Angesichts von ca. acht Millionen Hundehaltern in Deutschland wollen die Hotelbetreiber nicht auf diese meist kaufkräftige Klientel verzichten. Am liebsten hätten die Hoteliers, wenn unsereins für die Dauer des Aufenthaltes im Auto bleiben würde, wie mir scheint.

Natürlich gibt es rühmliche Ausnahmen, wie etwa das „Landhaus Altona" in Hamburg oder das Hotel „Relax In" nahe Göttingen, und es wäre unfair, alle in einen Topf zu werfen.

Ich frage mich, warum etwa Kleinkinder, die mit ihren kleinen Händchen oft überallhin patschen, wo es nicht angebracht ist, von allzu toleranten Müttern und oder Vätern ab und an nicht zu Hause, sondern am Frühstücksbuffet erzogen werden: „Pius, leg bitte die Wurst nicht mit den Händen auf deinen Teller, und schrei nicht so, was sollen denn die anderen Gäste denken?" Oder: „Liv Sveja, lauf nicht mit den schmutzigen Schühchen auf der Sitzbank herum, und schmier das Eigelb und den Kakao nicht auf die Tischdecke." Nicht dass ich Kinder nicht mag, ganz im Gegenteil, ich liebe diese kleinen Zweibeiner. Am liebsten würde ich stets zu allen hinlaufen und meine Schnauze in jeden vorbeifahrenden Kinderwagen stecken, wenn mich Frau- oder Herrchen wegen überängstlicher Eltern nicht davon abhalten würden.

Aber warum, verehrte Hotelbetreiber, dürfen diese Kleinen ins Restaurant, in den Frühstücksraum, in die Gaststube und überall sonst noch hin, und ich feiner, gut erzogener, ruhig daliegender und stets die Contenance wahrender Hund nicht?

Allen Rezeptionisten und innen rufe ich zu: Empfangt eure vierbeinigen Gäste mit einem netten Wort: "Hallo Bello, schön, dass du uns besuchst, hier eine Schüssel kühles Wasser, eine kleine „Riesenministange" und eine Streicheleinheit über das flauschige Hundefell, das wäre doch was! Und sorgt doch bitte dafür, dass auf dem Zimmer Wasser, ein Leckerli und eine bequeme Schlafstatt bereitstehen. Die Größe des Hundebettes könnt ihr doch bereits bei der Buchung von Herr- oder Frauchen in Erfahrung bringen. Und wenn ihr das nicht selbst organisieren mögt, ordert doch einfach einen Vierbeinerservice vor Ort. Die Hundehalter zahlen es doch, es kostet sicherlich kein Vermögen. Es muss doch nicht sein, dass ein 35-Kilo-Hund auf einem „puppy"-Bettchen" schlafen soll.

Auch an die so wichtigen Gassiwege muss gedacht sein, da viele Gäste sich mit ihren Hunden zum ersten Mal im Hotel aufhalten. So könnte vor dem Eingang ein Schild mit empfohlenen Wanderwegen aufgestellt werden, es könnte am Counter oder auf den Unterkünften ein Flyer mit Walkingrouten bereitliegen.

Es könnte eine kleine Futterkarte für uns zur Verfügung stehen, damit die mitreisenden Menschen nicht die ganzen Fressalien vom Auto ins Hotel schleppen müssen.

Es könnten einige Gassibeutel ausgeteilt werden. Es könnten ein paar Speiseräume für Hunde-Krawallbürsten eingerichtet werden, damit es erst gar nicht zu Beißereien oder derartigem Imponiergehabe einiger Spezies unter uns komme.

Es könnte, es könnte, es könnte soooo viel besser laufen in den mehr oder weniger besternten Hotels dieser Welt. Wer oder was hindert euch sonst so kreativen Hoteliers daran, auch hier innovativ zu werden? Denn man los!

Zum Schluss noch ein redaktioneller Hinweis:
Alle in den Geschichten dieses Buches erwähnten Personen und Hotelnamen sind rein fiktiv und frei erfunden, jegliche Ähnlichkeit mit Lebenden oder Verstorbenen ist rein zufällig.

Der Autor

Von einem Tag auf den anderen änderte sich das Leben von Tom Hellberg, als Poldi, ein bildhübscher schoko- und hermelinfarbener Deutschlanghaar-Rüde, förmlich „vom Himmel fiel". Von der Website einer deutschen Tierrettungsorganisation blickte der auf einer griechischen Müllkippe entsorgte Vierbeiner dem Autor mitten in die Seele hinein, denn es war Liebe auf den „ersten Klick"! Im Juli 2011 landete Poldi dann auf dem Frankfurter Flughafen und wurde von seiner neuen Familie in die Arme genommen. Während zahlreicher Hotelaufenthalte landauf und landab stellten die Drei fest, dass die Willkommenskultur für Hunde, auf den Homepages der Herbergen meist blumig beworben, oft vor der Restauranttüre oder in einem schäbigen Zimmer mit vergilbten Möbeln und abgenagten Bettpfosten endet. Diese Erlebnisse schildert der Autor aus der Sicht von Poldi in seinem Buch „Hunde herzlich willkommen?".

novum VERLAG FÜR NEUAUTOREN

Der Verlag

*Wer aufhört
besser zu werden,
hat aufgehört
gut zu sein!*

Basierend auf diesem Motto ist es dem novum Verlag ein Anliegen neue Manuskripte aufzuspüren, zu veröffentlichen und deren Autoren langfristig zu fördern. Mittlerweile gilt der 1997 gegründete und mehrfach prämierte Verlag als Spezialist für Neuautoren in Deutschland, Österreich und der Schweiz.

Für jedes neue Manuskript wird innerhalb weniger Wochen eine kostenfreie, unverbindliche Lektorats-Prüfung erstellt.

Weitere Informationen zum Verlag und seinen Büchern finden Sie im Internet unter:

www.novumverlag.com

novum VERLAG FÜR NEUAUTOREN

Bewerten
Sie dieses Buch
auf unserer
Homepage!

www.novumverlag.com